KB199557

박을 타네
박을 타
흥부가
박을 타네

국어시간에

박을 타네 박을 타 흥부가 박을 타네

초판 1쇄 펴낸날 · 2013년 10월 30일
3쇄 펴낸날 · 2021년 5월 18일

풀어쓴이 · 류수열 | 그린이 · 이철민
기획 · <국어시간에 고전읽기> 기획위원회, 간텍스트
펴낸이 · 김종필

디자인 · 간텍스트 | 아트디렉터 · 조주연, 남정 | 디자이너 · 김유나, 천병민 | BI 디자인 · 김형건
인쇄 · 현문인쇄(영업 최광수) | 출고 · 반품 | (주)문화유통북스 박병례, 윤영매, 임금순
종이 | (주)한솔PNS 강승우

펴낸곳 · (주)도서출판 나라말
출판등록 · 제25100-2017-000044호
주소 · 서울시 은평구 진흥로 133 A동 B1
전화 · 02-332-1446 | 전송 · 03030-943-3110
전자우편 · naramalbooks@hanmail.net

값 · 10,000원

ISBN 978-89-97981-13-7 44810
978-89-97981-00-7 (세트)

*이 도서의 국립중앙도서관 출판시도서목록(CIP)은 서지정보유통지원시스템 홈페이지(http://seoji.nl.go.kr)와
국가자료공동목록시스템(http://www.nl.go.kr/kolisnet)에서 이용하실 수 있습니다.(CIP제어번호: CIP2013019921)

고전읽기 010 _ 흥부전

박을 타네
박을 타
흥부가
박을 타네

나라말

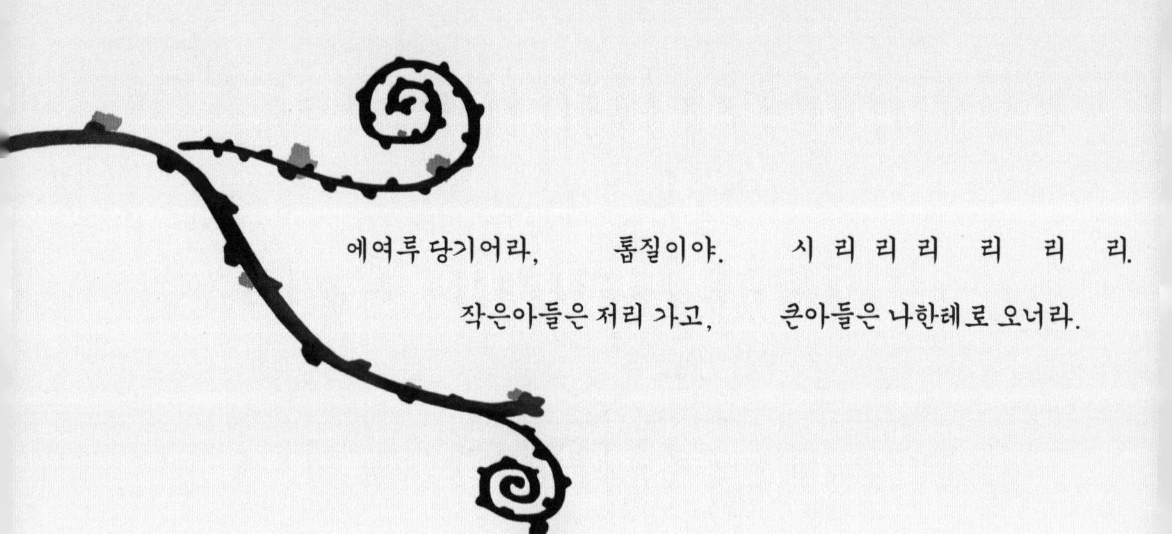

에여루 당기어라, 톱질이야. 시 리 리 리 리 리 리.

작은아들은 저리 가고, 큰아들은 나한테로 오너라.

우리가 이 박을 타거드면　박속일랑 끓여 먹고,

바가지는 부잣집에다 팔아다가 귀한 목숨을 보전하여 보자.

시 르 르 르　르　르 르.　　실건실건 톱질이야.

〈국어시간에 고전읽기〉를 펴내며

『춘향전』은 '어사출두요!' 하는 장면. 『구운몽』은 성진이 꿈에서 깨어나는 장면.

거기서 끝이 나 버린다. 교과서는 지면의 한계가 있고 수업은 진도에 쫓기다 보니 국어 시간에 읽는 고전은 그렇게 끝나 버리는 경우가 많았다. 춘향이를 보고 첫눈에 반한 이몽룡이 얼마나 안절부절못했는지, 한양으로 떠나는 이몽룡을 붙들고 춘향이가 얼마나 서럽게 울었는지 모른 채 『춘향전』의 주제는 '신분을 초월한 사랑을 통해 드러나는 인간 해방 사상'이라고 가르치고 배웠다. 내가 성진이 되어 양소유로 환생한다면 어떤 근사한 삶을 살아 보고 싶은지 상상의 나래를 펼쳐 볼 기회도 없이 『구운몽』은 '몽유 구조라는 전통적인 액자 형식'으로 되어 있다고 가르치고 배웠다.

이제는 국어 시간에 제대로 고전을 읽어 볼 수 있었으면 좋겠다. 제대로 읽으려면 어떻게 해야 할까? 낯설고 어려운 옛말을 현대어로 풀이하고 밑줄을 그으며 분석하는 데만 골몰할 것이 아니라, 먼저 이야기 자체에 푹 빠져 보는 것이다. 고전은 오랫동안 많은 사람들에게 감명을 주며 오늘날까지 전해져 온 유산이기에 시간과 공간을 초월하여 즐거움과 깨달음을 전해 주는 보편성을 가지고 있다. 한편으로는 오늘날의 삶이 아닌 과거의 삶에서 피어난 이야기이기에 현대인이 경험해 보지 못한 새로운 세계를 펼쳐 보여 주는 특수성도 가지고 있다. 그러므로 고전은 어렵고 낯설고 지

루한 것이 아니라, 즐겁고 신선하고 지혜로 가득 찬 것이라 할 수 있다.

대문호 셰익스피어의 작품들은 영국의 고전을 넘어서서 세계의 고전으로 칭송받고 있다. 영국에서는 그런 셰익스피어의 작품들이 널리 읽힐 수 있도록 옛말로 쓰인 원작을 청소년들이 읽을 수 있는 쉬운 현대어로, 어린 아이도 읽을 수 있는 아주 쉬운 동화로 거듭 번역해서 내놓는다. 그리하여 셰익스피어의 작품들은 책이나 연극으로는 물론 만화로도, 영화로도, 드라마로도 계속해서 다시 태어나고 있다.

그런 희망을 담아 〈국어시간에 고전읽기〉를 펴낸다. 우리 고전을 사랑하는 사람들의 손을 거쳐 벌써 여러 작품이 새롭게 태어났다. 고전의 품위를 훼손하지 않으면서도 청소년들이 어렵지 않게 이해할 수 있는 말을 골라 옮겼고, 딱딱한 고전이 아니라 한 편의 아름다운 이야기로 독자들에게 다가가기 위해 새로운 제목을 붙였으며, 그 속에 녹아 있는 감성을 한층 더 생생하게 전할 수 있도록 정성스러운 그림들로 곱게 꾸몄다. 또한 고전의 세계를 여행하는 데 도움을 줄 '이야기 속 이야기'도 덧붙였다.

〈국어시간에 고전읽기〉와 함께 국어 시간이 고전의 바다에 풍덩 빠져 진주를 건져 올리는 시간이 되기를 바란다.

〈국어시간에 고전읽기〉 기획위원회

『흥부전』을 읽기 전에

흥부와 놀부 이야기는 우리에게 매우 친숙합니다. 착한 동생 흥부가 제비 다리를 고쳐 주고 부자가 되자, 못된 형 놀부가 제비 다리를 일부러 부러뜨렸다가 복수를 당해 망한다는 줄거리이지요. 착한 사람은 복을 받고 못된 사람은 화를 당한다는 줄거리야 옛날이야기에서는 흔한 것인데, 우리가 책을 읽는 것이 그 뻔한 교훈을 얻기 위해서일까요? 소설을 읽으면서 얻는 재미는 그런 교훈에 있는 것이 아니라 등장인물들의 말과 행동에 있습니다. 흥부가 착하고 놀부가 못됐다는 것을 직접 보여 주는 사건들을 마치 눈으로 직접 보는 듯한 재미가 소설을 읽게 되는 동력이 되는 것입니다. 교훈은 덤으로 얻는 것이라 생각해도 좋습니다.

『흥부전』은 다른 어떤 소설보다도 더 흥미진진하고 세세하게 등장인물들의 행동을 보여 주고 있습니다. 조선 후기의 급변하는 사회 현실 속에서 가난하게 살아가면서도 희망을 잃지 않는 서민적 발랄함이 작품 전체에 깔려 있습니다. 그야말로 서민들의 애환을 생생하게 그려 낸 걸작이라 하겠습니다. 선과 악의 대결과 그 운명에만 관심을 갖지 말고, 흥부가 고난 속에서도 어떤 생각을 하고 어떤 삶을 살았는지, 놀부는 왜 끊임없이 욕심을 부렸는지 물어보면서 읽어 보기를 권합니다.

『흥부전』은 본래 판소리 창으로 불린 노래였는데, 나중에 판소리 사설이 소설로 정착되면서 다양한 이본이 만들어졌습니다. 보통 판소리로 불린 것

은 '홍부가'라 하고, 소설로 정착된 것은 '홍부전'이라고 하는데, 둘 다 줄거리가 똑같은 이야기의 제목이 아니라 줄거리가 약간씩 다른 여러 가지 홍부 이야기를 한꺼번에 일컫는 제목이라는 점도 기억해 두면 좋겠습니다.

이 책에서는 '홍부전'이라고 제목을 붙였지만, 바탕은 판소리 사설입니다. 판소리는 조선 후기에 생성되었지만, 일제 강점기 때에는 상당한 인기를 얻었고, 오늘날까지도 전해지고 있습니다. 그러는 동안 시대상의 변화와 가객들의 개인적 취향이 반영되면서, 크고 작은 차이가 생겼습니다. 조선 시대 이야기에 '미국 갔던 제비'가 등장하는 것도 일제 강점기 때 일어난 변화 가운데 하나라 하겠습니다. 이 책은 강도근, 박녹주, 박초월 같은 명창들이 부른 사설을 섞어 한 편의 이야기로 엮은 것입니다. 그래서 소설이라기보다는 판소리의 노랫말이라 할 수 있고, 풀어 쓰면서도 판소리 사설의 고유한 문체를 최대한 살리려고 했습니다.

여러분에게도 박이 있어 그 박을 타게 된다면, 그 속에서 무엇이 나오기를 기대할지 궁금합니다. 홍부와 놀부가 그러했던 것처럼 여러분의 박은 여러분 스스로 키우는 것임을 기억해 두기 바랍니다.

2013년 10월 류수열

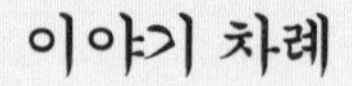

이야기 차례

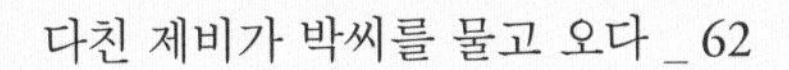

●●● 〈국어시간에 고전읽기〉에는 이야기의 재미와 이해를 돕기 위한 '이야기 속 이야기'가 함께합니다.

박을 타네
박을 타
흥부가
박을 타네

하나

흥부가 기가 막혀

우리나라는 예로부터 동방예의지국이라!
작은 동네 마을에도 충신이 나고, 일곱 살 먹
은 아이도 효도를 행하여 불량한 사람이 있
으리오마는, 요순 시절에는 사흉이라는 나쁜
사람들이 있었고, 공자님 살아 계실 적에도 도척
같은 악명 높은 사람이 있었으니, 악한 기운이 생기
는 것을 사람의 힘만으로 막을 수 있나.
  경상도와 전라도가 맞닿는 곳에 흥부와 놀부 형제가
살았으니, 놀부가 형이고 흥부는 바로 그의 아우인데, 사람의 몸속
에는 오장육부가 있는 법. 그러나 놀부 몸에는 오장칠부가 있으니,

어찌하여 칠부인가 하면, 육부에다 심술보가 하나 더 왼쪽 갈빗대 아래에 대장 장기짝만 하게 불룩하게 붙어 있어 가지고, 놀부가 하는 일이라곤 잠자고 밥 먹는 것만 빼면 심술부리는 일밖에 없는데, 놀부의 심술은 꼭 이렇것다.

부정한 곳에 집을 짓고, 불길한 날에 이사 권하고, 불난 집에 부채질하고, 호박에다가 말뚝 박고, 길 가는 나그네 재워 줄 듯 하다가 해 지면 내쫓고, 초라니 보면 추파 던지고, 광대 보면 소고 빼앗고, 의원 보면 침 훔치고, 양반 보면 관을 찢고, 애 밴 부인 배를 차고, 수절 과부 모함하고, 다 큰 처녀 희롱하고, 곱사등이 뒤집어 놓고, 앉은뱅이 턱을 차고, 비단 가게 물총 놓고, 고추밭에 말 달리고, 옹기 짐 받쳐 놓으면 가만가만 가만

∞ **요순**(堯舜) — 중국의 전설적인 두 임금 요임금과 순임금을 이르는 말로, 이들은 중국 제왕의 모범으로서 이상적인 제왕으로 일컬어진다.

∞ **사흉**(四凶) — 중국의 요임금과 순임금 때 나라를 해치던 흉악한 죄인 공공(共工), 환두(驩兜), 삼묘(三苗), 곤(鯀) 네 사람을 가리키는 말.

∞ **도척**(盜跖) — 춘추 시대 노나라에서 도적질과 살인을 일삼던 유척(柳跖)을 가리키는 말로, 도적질을 일삼았기 때문에 훔칠 도(盜) 자를 붙여 '도척'이라고 했다.

∞ **초라니** — 기괴한 여자 모양의 탈을 쓰고, 붉은 저고리 푸른 치마를 입고 긴 대의 깃발을 가지고 떠돌아다니던 연예인.

가만 가만가만히 찾아가서 작대기 걷어차고, 똥 누는 놈 주저 앉히고, 봉사 눈에 똥칠하고, 노는 애기 꼬집고, 우는 애기 코 빨리고, 물동이 인 여자 귀 잡고 입 맞추고, 샘물 길어 오는 길에 함정 파고, 새 망건은 줄을 끊고, 풍류하는데 나발 불고……. 그 심술은 말로 다할 수 없을 만큼 끝이 없구나.

이렇듯 삼강오륜이라고는 하나도 아는 것이 없는 놀부 놈이니 당연히 형제간 도리에 대해서도 알 리 있겠는가.

어느 날 놀부는 또 심술이 나서 금이야 옥이야 귀하기만 한 동생을 내쫓으려고 매서운 목소리로 동생 흥부를 부르것다.

"네 이놈, 흥부야!"

흥부가 듣고 당장에 바깥으로 우루루 나오며,

"아이고, 형님! 저 불렀습니까?"

"이놈아! 그럼 너를 불렀제, 내가 네 그림자를 불렀단 말이냐? 말쑥하게도 차려입었구나. 야, 이놈아! 갓이나 쓰고, 바짓가랑이 흘러넘치게 차려입고, 허리춤에 손이나 넣고, 동네방네 서리 맞은 능구렁이 다니듯이 실실 돌아다니다가, 안방 출입 자주 하여 자식새끼는 돼지 새끼 마냥 주루루루루 낳아 놓고, 내 재산만 뜯어먹고

∞ 망건(網巾) — 상투를 튼 사람이 머리카락이 흘러내리지 않도록 머리에 두르는 그물처럼 생긴 물건.

있는데, 내가 무슨 너의 어버이냐? 이 녀석아! 오늘 당장 이럴 것 저럴 것 없이, 처자식 데리고 이 집에서 썩 나가도록 하여라!"

홍부가 깜짝 놀라 어쩔 줄을 몰라 하며,

"아이고, 형님! 무슨 일로 화가 나셨는지 모르오나, 한 번만 통촉해 주시지요."

"뭣이 어쩌? 이놈! 통촉? 허허, 이놈 보소, 부모님이 글공부 가르쳐 놨더니 내 앞에서 문자 쓰고 자빠졌네. 통촉? 몽둥이로 네놈 허리를 확 분지르기 전에 썩 나가지 못할까!"

홍부는 빌면 될 줄 알고 손이 발이 되도록 빌어 보는데,

"이놈! 네놈이 내 성질을 몰라? 몽둥이로 네놈 허리를 작신 분지르기 전에 썩 못 나가!"

이때 홍부가 기가 막혀, 나가란 말을 듣더니마는, 섰던 자리에서 무릎을 꿇고는 자기 형님을 물끄러미 바라보며 그 자리에 엎드려 한번 빌어 보는데,

"아이고, 형님! 형님, 이게 웬 말이오? 엄동설한에 이 많은 자식들을 데리고, 어느 곳으로 가서 살 수 있다는 말이오? 형님, 한번 통촉을 하옵소서."

"이놈, 내가 너 갈 곳까지 일러 주랴? 잔소리 말고 나가거라!"

놀부가 이번에는 몽둥이까지 추켜들고 추상같이 호통치는구나. 홍부는 무섭기도 하고 깜짝 놀라기도 하여 방 안으로 들어가며,

"아이고, 여보, 마누라! 형님이 나가라 하니, 어느 명령이라고 어기고 안 나갈 수 있겠소? 자식들을 챙겨 보오. 큰자식아, 어디 갔냐? 둘째 놈아, 이리 오너라."

어쩔 수 없이 홍부는 짐을 챙겨 등에 지고, 놀부 앞에 가서 꿇어

엎드려 하직 인사를 하네.

"형님, 저희 가족 나갈랍니다. 부디 안녕히 계십시오."

"잘 가거라."

흥부는 어쩔 줄을 몰라 하며 울며불며 나가면서, 신세 한탄에 울음 운다.

"아이고, 아이고, 내 신세야! 부모님 살았을 적에는, 네 것 내 것 다툼 없이 평생에 호의호식, 먹고 입고 쓰고도 남아 세상 넓은 줄을 몰랐는디, 이 흥부 신세가 하루아침에 이리될 줄을 어느 누가 알았겠느냐? 여보게, 마누라!"

"예."

"어느 곳으로 갈까? 그래, 산중으로 가자. 아서라, 산중에 가 살자고 하니 의식 귀하여 살 수 없고, 그러면 사람 많은 도회로 가자. 일 원산, 이 강경, 삼 포주, 사 법성 가서 살자고 하니 비린내 심해서 살 수 없네. 그러면 충청도에 가서 살까? 아서라, 충청도는 양반들이 모두 억세 그곳에서는 살 수가 없으니 우리 가족은 어느 곳으로 가서 살란 말이냐?"

이렇게 흥부가 울며불며 가족과 함께 집을 나와 거처 없이 떠돌게 되었는데, 살 집이 없으니 동네 앞 물방앗간도 자기 안방이라.

∞ **일 원산 ~ 사 법성** — 첫째는 함경도 원산, 둘째는 충청도 강경, 셋째는 전라도 포주(오늘날의 부안군 줄포), 넷째는 전라도 법성(오늘날의 영광군 법성포)이라는 뜻으로, 조선 시대에 수산물이 많이 거래되던 지역이다.

∞ **성현동**(聖賢洞) **복덕촌**(福德村) — 성현과 같이 마음이 착하고 어진 사람들이 사는, 복과 덕이 많은 마을이라는 뜻으로 꾸며 지어낸 이름.

이리저리 돌아다니다가 마침내 성현동 복덕촌이라는 곳에 이르렀것다. 흥부 자식들이 잘 먹다가 며칠을 굶어 놓으니 죽을 지경이 되어 가지고, 하루는 자식들이 음식 이름을 노래로 부르면서 제 어미에게 밥 달라고 조르는데, 한 놈이 썩 나서며,

"아이고, 어머니! 아이고, 어머니! 배가 고파 못 살겠소. 나 육개장에 뽀얀 쌀밥 많이 먹었으면……."

"어따, 이 자식아! 정말 맛있는 것이 무엇인지 아는구나. 그런데 육개장에 뽀얀 쌀밥이 어디 있단 말이냐?"

또 한 놈이 나앉으며,

"아이고, 어머니! 나는 산해진미 반찬에 잣죽 좀 먹었으면 좋겠소."

"어따, 이 녀석아! 보리밥도 없는데, 산해진미에 잣죽이 또 어디 있단 말이냐? 너희들 때문에 정말 못살겄다, 못살겄어!"

또 한 놈이 썩 나서며,

"아이고, 어머니! 나 호박떡 한 시루만 먹었으면 좋겄소. 호박떡은 뜨거워도 달고, 식어도 달고, 아! 이놈의 것, 입에 짝짝 들러붙으면서 정말 맛있지요. 한 시루만 갖다 주시오."

"아이고, 이 녀석아, 호박떡이 어디 있단 말이냐?"

이때에 배를 득득 긁으면서 나오는 놈은 흥부 큰아들이었다. 수염이 가시같이 돋쳐 났고, 이는 쭉쭉 빠져서 요상스럽게 생겨 갖고 썩 나와서 제 어미를 한번 졸라 보는데,

"아이고, 어머니! 아이고, 어머니! 나는 옷도 싫고, 밥도 싫고,

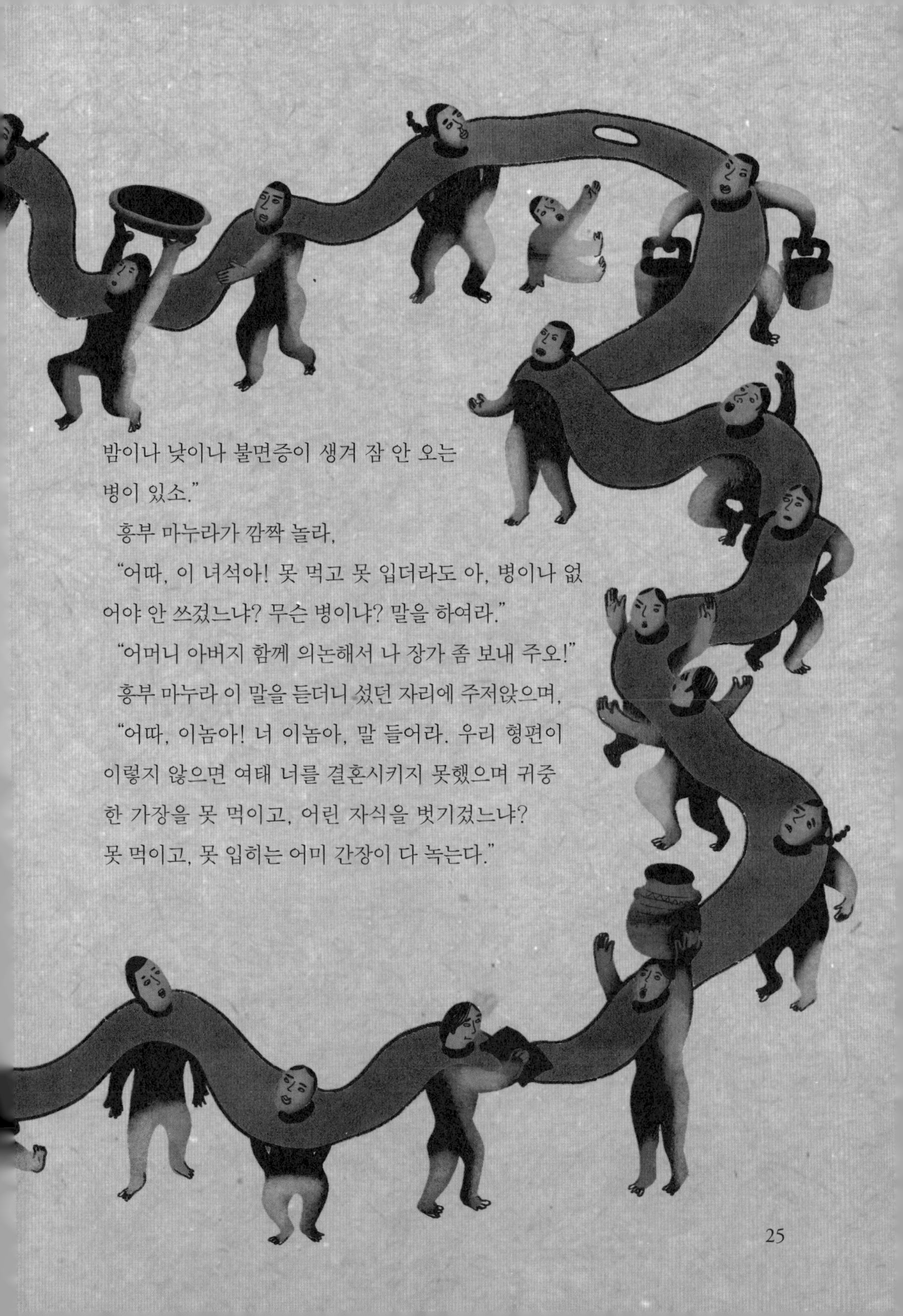

밤이나 낮이나 불면증이 생겨 잠 안 오는 병이 있소."

홍부 마누라가 깜짝 놀라,

"어따, 이 녀석아! 못 먹고 못 입더라도 아, 병이나 없어야 안 쓰겄느냐? 무슨 병이냐? 말을 하여라."

"어머니 아버지 함께 의논해서 나 장가 좀 보내 주오!"

홍부 마누라 이 말을 듣더니 섰던 자리에 주저앉으며,

"어따, 이놈아! 너 이놈아, 말 들어라. 우리 형편이 이렇지 않으면 여태 너를 결혼시키지 못했으며 귀중한 가장을 못 먹이고, 어린 자식을 벗기겄느냐? 못 먹이고, 못 입히는 어미 간장이 다 녹는다."

둘

매품이라도 팔 수만 있다면

이렇게 흥부 마누라가 울고 있을 때, 흥부가 썩 들어오며,

"여보시오, 마누라. 이렇게 울고만 있으면 무슨 소용이 있소? 내 오늘 읍내 좀 갖다 오겠소."

"아니, 읍내는 뭐 하러 가실라고 그러시오?"

"호방한테 가서 환자나 몇 섬 얻어다가, 아, 우리 식구들 먹고살아야 할 것 아닌가? 거 내 갓이나 좀 내오오."

"아이고, 영감! 가지 마시오."

"왜 가지 말란 말이오?"

"당신 모습 보면 너무 불쌍해 보여 환자 먹고 도망간다고 안 줄 테니, 가지 마오. 절대 안 줄 테니 가지 마시오."

"허허. 이 사람이! 가진 것 없는 사람이 무슨 일을 꼭 돈이 나와야만 할 텐가? 잔말 말고 그 갓이나 좀 내오오."

"갓은 어디다 두었소?"

"아, 남자 갓 둔 데도 모르오? 뒤안 굴뚝 속에다 넣어 두었네."

"아이고, 얄궂어라. 왜 갓을 굴뚝 속에다 넣었단 말이오?"

"아, 신묘년 조대비 국상 때 어떤 친구가 흰 갓의 테가 쓸 만하다며 칠을 벗겨 쓰라 하니, 아, 글쎄 칠 벗길 돈이 있어야제. 그래 끄시럼에 그을려 쓸려고 굴뚝에 넣어 두었으니 내오오. 그리고 그 내 도포도 내오오."

"아, 도포는 어디 두었소?"

"뒤안 장 안에 들었제."

흥부 마누라 가만히 생각해 보다가,

"여보시오, 우리 집에 무슨 장롱이 있단 말이오?"

"아, 이 사람이! 아, 닭장은 장이 아닌가? 잔말 말고 얼른 내오소."

드디어 흥부가 관아로 의복을 차려입고 들어가는데,

흥부가 들어간다, 흥부가 들어간다. 흥부 차림새 볼작시면, 테가 떨어져 나간 헌 갓에 줄을 총총 매어 갓끈을 달아, 끈이 터진 헌 망건에 가죽 풀로 붙인 망건 고리, 종이로 만든 노끈을 머리가 아프도록 졸라매고, 다 떨어진 헌 도포에 실로 만든 허리띠로 고픈 배

∞ **환자**(還子) — 조선 시대에 관아에서 가을에 이자를 붙여 갚는 조건으로 꾸어 주던 곡식.

∞ **신묘년**(辛卯年) **조대비**(趙大妃) **국상**(國喪) **때** — 조대비는 헌종의 어머니인 신정왕후로, 철종이 아들을 얻지 못하고 일찍 죽자, 대원군 이하응의 아들 고종으로 하여금 왕위를 계승하도록 한 뒤, 신묘년에 죽었다. '국상'은 백성 전체가 상복을 입던 왕실의 초상을 말한다.

∞ **끄시럼** — '그을음'의 사투리.

를 눌러서 띠고, 한 손에는 곱돌 조대를 들고 또 한 손에다가는 떨어진 부채를 들어 죽어도 양반이라고, 여덟 팔(八) 자로 이리저리 길게 걸음을 떼어 어식비식.

홍부가 어식비식 팔자걸음으로 들어가다가 한 생각이 났겄다.

'내가 그래도 양반인데, 내가 저 사람한테 '허시오' 하기는 그렇고, '허소' 하기는 좀 뭣하니, 내 웃음으로, 반말로 따지는 것밖에 수가 없다.'

홍부가 대문을 열고 썩 들어가며,

"여기, 호방 계신가?"

호방이 나오며,

"아이, 여, 박 생원 아니시오?"

"허허허허하하! 참 잘도 알아맞혔구먼."

"아이고, 박 생원 어쩐 일이시오?"

"거 호방한테 아쉬운 말 할 일이 있어서 내 왔는데, 들어주실런지 모르겄네."

"아, 무슨 말씀이오?"

"환자 한 섬만 주게나. 환자 한 섬만 주면, 어린 자식들 먹여 살리고, 가을이 되면 동냥구걸이라도 해 가지고 착실히 갚아 줄 터이니, 환자 한 섬만 주게."

"박 생원의 형님이 천석꾼 부자인데, 환자를 얻어 드시다니, 아, 그게 무슨 말씀이오?"

"허허, 이 사람아! 형제간이라도 형님 양식을 내가 너무 갖다 먹으니까 염치가 없더구먼."

"그건 그렇지요. 박 생원, 그럴 게 아니라, 품 하나 팔아 보실라요?"

"아, 돈 생길 품 같으면 내 무조건 팔고말고. 무슨 품인가? 어서 말 좀 해 보소."

"다름이 아니오라, 우리 고을 좌수가 죄를 지어 잡혔는데, 좌수 대신으로 곤장 열 대만 맞으면, 곤장 한 대에 돈이 석 냥씩이니 삼십 냥은 정해진 돈이요, 말 타고 가라고 해서 마삯 닷 냥까지 딱 지정해 놨으니, 그 품 좀 팔아 볼라요?"

흥부가 돈 말을 듣더니 어떻게나 좋던지,

"내 무조건 품을 팔 터이니, 그 돈 닷 냥 얼른 이리 주오."

"글랑 그리하시오."

저 아전 거동을 보아라. 궤짝을 철컥 열고 돈 닷 냥을 내주니, 흥부가 받아 들고,

"다녀오리다."

"예, 평안히 다녀오오."

박흥부는 좋아라고, 관아 문밖으로 썩 나서서 두 손을 번쩍 들고,

"얼씨구나, 얼씨구나, 돈 봐라! 지화자자 좋을시고! 돈, 돈, 돈, 돈, 돈 봐라, 돈 봐! 우선 배가 고프니 떡국집으로 들어가자. 여보, 떡국 장수! 떡국 세 그릇만 주오."

떡국을 사서 먹고는 막걸릿집으로 들어가서 막걸리 두 그릇을 사서 먹고, 비짓집으로 들어가서,

"여보, 비지 장수! 비지 한 보시기만 주오."

∞ **곱돌 조대** — 곱돌로 만든 담뱃대로, '곱돌'은 만지면 양초와 같이 매끈매끈하고 광택이 나는 돌이다.

∞ **좌수(座首)** — 조선 시대 지방의 자치 기구였던 향청(鄕廳)의 우두머리.

비지를 한 사발 사서 몸이 기우뚱해지도록 먹고는 어깨를 늘어뜨리고 죽통을 길게 빼고는,

“얼씨구나! 아, 좋네! 대장부 한 걸음에 엽전 서른닷 냥이 생겼구나. 여보게, 마누라! 여보게, 이 사람아! 집안 어른이 어디 갔다가 집으로 들어오면, 우루루루루 쫓아 나와 공손히 맞이하는 것이 도리에 옳지, 당돌히 앉아서 움직이지도 않으니 웬일인가? 이 사람, 정말 몹쓸 사람!”

흥부 마누라 나온다, 흥부 마누라가 나와. 흥부 마누라가 나온다, 아장아장 나온다.

“아이고, 여보, 영감! 영감 오신 줄을 내가 몰랐소. 영감 오신 줄 내 몰랐소. 이리 오시오, 이리 와.”

“이 사람아, 저리 좀 가소. 이 돈 내력을 자네 아는가? 돈의 근본을 자네가 아느냐고? 못난 사람은 잘난 돈, 잘난 사람은 더 잘난 돈. 맹상군의 수레바퀴처럼 둥글둥글이 생긴 돈, 생살지권을 가진 돈. 부귀공명이 붙은 돈. 돈아! 어디를 갔다가 이제야 오느냐? 얼씨구나, 절씨구나!”

흥부 마누라가 달려들며,

“아이고, 여보, 영감! 이 돈 어디서 났소? 일수로 얻어 왔소, 월수로 얻어 왔소? 아니면 한 달에 오 부 이자로 어디서 빌려 왔소?”

“아니로세, 아니여. 내가 왜 돈을 빌렸겠나? 우리 아내의 뜻을 하늘이 도우시어 공돈 닷 냥이 들어왔어.”

“아이고, 공돈이라니요? 아이, 공돈이라니 무슨 공돈이란 말이오?”

“아, 이 사람아, 주운 돈과 다름이 없다는 말일세.”

“아서시오. 길에서 남의 것을 줍는 것은 군자의 도리가 아니지요. 주운 사람은 좋겠지만 잃어버린 사람은 얼마나 속이 아프겠소? 도로 그 자리에 갖다 놓으시오.”

“허허. 우리 마누라는 언제나 착한 마음이여. 그렇제. 여자가 그리 착한 마음을 가지고 있어야제. 일본 놈들 타는 말처럼 덜렁덜렁하고 다니면 못쓰지. 내 그 돈 내력을 가르쳐 줄 테니 들어 보소. 다른 게 아니라, 우리 고을 좌수가 죄를 지어 잡혔는데, 좌수 대신

∞ **주둥** — ‘입’을 낮잡아 이르는 말.

∞ **맹상군(孟嘗君)** — 중국 전국 시대 제나라의 재상으로, 찾아오는 손님들을 후하게 대접하여 천하의 유능한 선비 수천 명을 식객으로 두었다고 한다.

∞ **생살지권(生殺之權)** — 살리고 죽이는 권한.

으로 곤장 열 대만 맞으면, 곤장 한 대에 돈이 석 냥씩이라! 우선 마삯 닷 냥만 받아 왔어. 말 타고 가라고 해서. 이 돈 갖고 쌀팔고 고기 사서 고깃죽을 맛나게 쑤어 보소. 식구가 많으니까 큰 가마솥에다가 가득 쑤어서, 코끝에서 그저 죽 국물이 댕강댕강 떨어질 때까지 실컷 한번 먹어 보세."

홍부 마누라가 이 말을 들으니, 귀한 가장이 매품 팔아 먹고산다는 이야기라 두 눈이 캄캄해지고 사지가 벌벌 떨리더니, 섰던 자리에 버썩 주저앉으며,

"아이고, 영감! 영감, 이게 웬 말이오? 사람은 자기 먹을 것과 할 일을 가지고 태어나고, 하늘이 무너져도 솟아날 구멍이 있는 법이니, 제발 매품 팔러 가지 마오. 음지가 양지 되고, 양지가 음지 되오. 곤장 한 대만 맞아도 죽을 때까지 골병이 든답디다. 영감! 가지를 말라면, 가지를 마오. 불쌍한 우리 영감, 가지를 마오."

홍부가 화를 왈칵 내며,

"이 사람아, 시끄럽네. 사나이 대장부가 큰일 하러 떠나는데, 자네가 가란다고 가고, 가지 말란다고 내가 안 갈 것인가? 그런 말 함부로 했다가 다른 사람이 알면 나보다 먼저 가니까, 제발 조용 좀 하소."

"그러면 영감, 부디 매 안 맞고 오기를 바라겠소."

"아, 이 사람. 큰일 났어. 매 맞으러 가는 사람이 매 안 맞고 오면, 돈 어떻게 벌라고 안 맞고 오기를 바라나?"

홍부 자식들이 모두 나와서 홍부에게 묻기를,

"아버지! 어디 가실라요?"

"나 병영 좀 갔다 올란다."

"아버지 병영 갔다 오실 때, 다른 것은 소용이 없고, 밥이나 한 그릇 사 오시오."

"오냐, 밥 사다 줄 터이니 좀 기다려라."

또 한 놈이 나앉으며,

"아버지, 어디 가시오?"

"병영 간다, 병영 가."

"병영 가시거든 떡이나 한 시루 갖다 주시오."

"오냐. 갖다 줄 테니 걱정 말아라."

자식들을 달래 놓고,

"내 다녀올 터이니, 마누라, 걱정하지 말고 애들 잘 데리고 있으시오."

아침밥을 지어 먹고, 그 험한 병영으로 내려간다. 허위허위 서둘러 내려가며, 신세 한탄에 울음을 운다.

"아이고, 아이고, 내 신세야! 박복한 내 팔자야! 어떤 사람은 팔자가 좋아서 크고 으리으리한 집에서 부귀영화를 누리면서 잘사는데, 나는 무슨 팔자를 타고 나서 매품이 웬 말이냐? 아이고, 아이고, 내 신세야!"

그렁저렁 병영에 당도하여 쳐다보니 대장 깃발이요, 굽어보니 숙정패로구나. 호랑이 같은 위엄을 갖추고 전립에다 날쌜 용(勇) 자

∞ **병영**(兵營) — 조선 시대에 각 지방의 병사와 군마를 지휘하던 병마절도사가 있던 곳.

∞ **숙정패**(肅靜牌) — 사형을 집행할 때, 다른 사람이 떠들지 못하도록 엄숙할 숙(肅) 자와 고요할 정(靜) 자를 적어서 세워 놓는 나무 간판.

∞ **전립**(戰立) — 조선 시대에 무관이 쓰던 모자.

붙인 사령들이 이리 가고 저리 갈 적, 이때 흥부는 본래 순진한 사람이라, 벌벌벌 떨면서 들어간다.

흥부가 문구멍으로 안을 가만히 들여다보니, 안에서는 매를 맞느라고 야단이 났겄다.

흥부 마음에,

'저 사람들은 진작 와서 매 맞고 돈을 수백 냥이나 버는구나. 나도 여기 한번 엎드려 봐야지.'

붉은 볼기짝 내놓고 관아 문밖에 가서 엎드릴 적에, 사령 한 쌍이 나오며,

"허허, 병영이 생긴 뒤로 볼기 파는 가게는 처음 보네."

흥부가 그 말을 듣고는,

"매 맞으러 왔제."

"아니, 그렇게 매를 잘 맞소?"

"매라도 사정이 있는 매여."

한 사령이 흥부를 딱 보더니,

"아, 박 생원 아니시오?"

"허허허허, 참 잘 알아맞혔구먼."

"박 생원 안되었소."

흥부 깜짝 놀라며,

"아니, 안되다니 뭐가 안되어?"

"박 생원 대신에 어느 놈이 내 손에 곤장 열 대 맞고, 돈 삼십 냥

∞ 사령(使令) — 조선 시대에 관아에서 심부름하던 사람.

젊어지고 벌써 갔소."

흥부가 기가 막혀,

"아이고, 이 사람아, 그놈이 어떻게 생겼던가?"

"말 마시오. 쥐털 수염에 장대같이 쭉쭉 빠져 가지고는, 그 매 잘 맞습디다."

"아차, 우리 집 마누라가 나더러 '가시오', '가지 마시오' 밤새도록 울더니, 뒷집 꾀쇠 아비란 놈이 먼저 다녀가 버렸구나. 여보시오, 보초병들, 보초나 잘들 서게. 나는 가네, 나는 가네. 아이고, 아이고, 내 팔자야. 참 복도 없는 신세지. 매 맞으러 가는 데도 재수가 없어, 이 지경이 모두 웬일이냐? 내가 집 떠날 적에, 밥 달라고 우는 자식은 떡 사 주마고 달래 놓고, 떡 달라고 우는 자식은 엿 사 주마 달랬는데, 돈이 있어야 말을 지키제."

그렁저렁 돌아갈 적에, 이때에 흥부 마누라는 자기 영감 병영 간 뒤로 후원에다 단을 쌓고 지성으로 비는 말이,

"비나이다, 비나이다. 하느님 전에 비나이다. 병영 가신 우리 영감 매 한 대도 아니 맞고 무사히 돌아오시라 하느님 전에 비나이다."

빌기를 다 마치고 한편을 바라보니, 자기 영감이 올라오거늘, 흥부 마누라 우루루루 달려들며,

"아이고, 영감! 다녀오시오? 병영까지 갔다 오시더니, 매를 얼마나 맞았소? 어디 매 맞은 상처나 좀 봅시다."

흥부가 화를 왈칵 내며,

"놔두게, 이 사람! 아, 요망스럽게 자네가 병영 가지 말라고 밤새도록 조르고 울더니, 뒷집 꾀쇠 아비라는 놈이 그 소리를 듣고는 나 먼저 발등거리해 버렸으니, 내가 매 한 대라도 맞았으면 사람이 아닐세."

"아이, 정말로 안 맞았어요?"

흥부가 다리를 걷어올리면서,

"자, 매 맞았는가 좀 보소. 전부 좀 보소, 매 맞았는가?"

흥부 마누라 좋아라고,

"아이고, 영감, 매 안 맞았으니 얼마나 좋소."

"이 사람이! 매를 맞고 오라고 간절히 빌었어야지, 매를 아니 맞고 돌아오라고 빌었으니 어찌 매를 맞겠는가, 이 사람아!"

흥부 마누라 좋아라, 흥부 마누라가 좋아라고, 춤을 추며 노는구나.

"얼씨구 좋구나! 영감이 엊그저께 병영 길을 떠난 뒤에, 후원에

∞ 발등거리 — 남이 하려는 일을 앞질러서 하는 짓.

다 단을 쌓고 우리 영감 부디 매를 맞지 말고 무사히 돌아오시라 밤낮으로 기도했더니, 매 한 대도 안 맞고 돌아왔으니 이런 경사가 또 있나? 헐벗어도 나는 좋고, 배가 고파도 나는 좋네. 얼씨구나 절씨구. 얼씨구나! 얼씨구절씨구, 지화자 좋네. 이런 경사가 또 있을까?"

매 맞아 드립니다!

조선 시대의 서글픈 돈벌이

흥부는 식구들을 먹여 살리려고 매품을 팔았습니다. 조선 시대까지는 죄인에게 곤장으로 볼기나 허벅다리를 치는 벌이 있었는데, 매를 맞고 불구가 되거나 심지어 죽는 사람도 생기는 등 폐해가 심각했습니다. 그래서 매를 대신 맞아 주는 매품팔이가 생길 수 있었던 것이지요. 하지만 곤장을 치는 이런 벌은 1896년에 제정된 '형률명례(刑律名例)'와 1905년에 제정된 『형법대전(刑法大典)』에서 폐지한 뒤로 점차 없어지게 되었습니다. 곤장을 치지 않게 되었으니 매품이라도 팔아야 먹고살 수 있었던 이들은 이제 무엇을 팔아야 했을까요?
매품을 팔아 생계를 이었던 이들의 서글픈 이야기를 들어 봅시다.

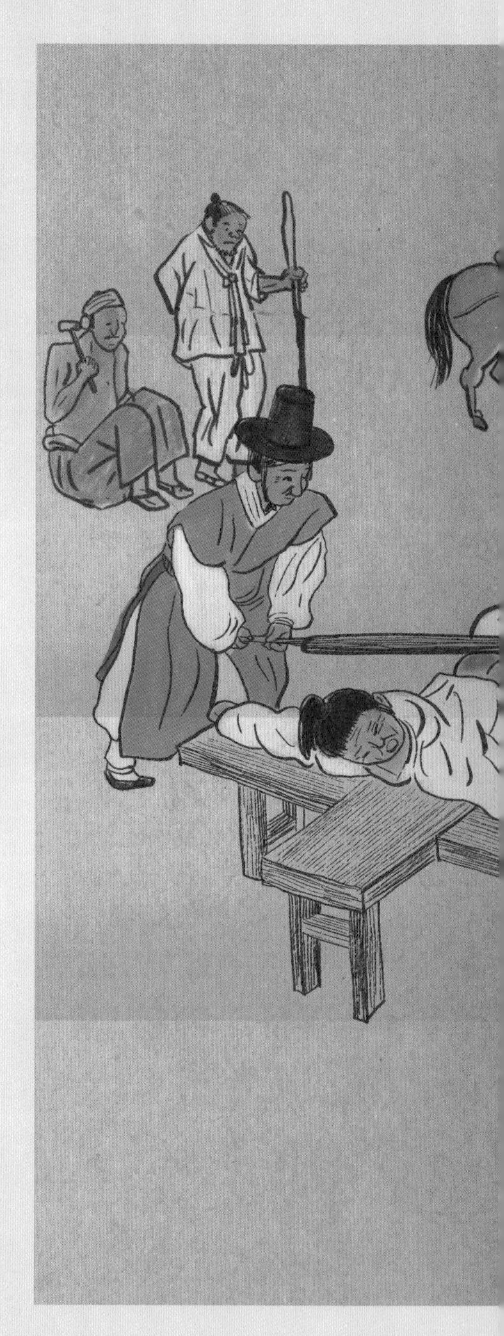

돈 내고 매 맞은 백성

안주(安州)에 매품을 팔아 먹고사는 백성이 있었다. 다른 고을의 아전이 죄를 지어 곤장 일곱 대를 맞게 되었는데, 엽전 다섯 꿰미를 걸고 대신 맞아 줄 사람을 구하자 그가 대신 맞기로 하였다.
곤장 치는 자는 그가 자주 오는 게 밉살스러워 일부러 매우 세게 쳤다. 곤장이 갑자기 매서워질 줄 예상하지 못했던 그는 첫 한 번은 꾹 참았으나 두 번째부터는 더 참을 수가 없어 대번에 엽전 다섯 꿰미를 뇌물로 주겠다는 표시로 다섯 손가락을 굽혀 보였다.
곤장 치는 자가 못 본 척하고 더욱 매섭게 치자, 그는 곤장을 엽전 열 꿰미를 뇌물로

주겠다는 표시로 다섯 손가락을 모두 폈다. 곤장 치는 자는 그제야 살살 치기 시작하였다. 병영에서 나온 그는 사람들에게 가진 돈이 없었더라면 맞아 죽었을 것이라며 으스댔다.
그는 열 꿰미의 돈이 죽음을 면하게 해 준 줄만 알고 다섯 꿰미의 돈이 화를 부른 줄은 알지 못하였으니 너무나도 어리석다.

남편을 죽게 만든 아내

형조(刑曹)에서는 곤장 백 대를 면하기 위해 바치는 돈이 일곱 꿰미였고, 대신 곤장 맞는 자도 일곱 꿰미를 받았다. 대신 곤장 맞는 것으로 생활하는 어떤 자가 한여름에 하루 백 대씩 두 차례나 매품을 팔고는 돈꿰미를 차고 으스대며 집에 돌아왔다. 그의 아내가 웃는 얼굴로 반갑게 맞이하며 '곤장 백 대를 대신 맞아 주겠다' 하고 돈을 받아 놓았다고 했다. 그가 오늘은 지쳤으니 다음에 맞겠다고 하자, 그의 아내는 남편에게 '조금만 참으면 식구들이 배불리 먹을 수 있는데 곤장을 맞지 않으면 어떡하느냐' 다그치고는 술상을 차려 왔다. 술을 마시고 취기가 오른 그는 아내가 원하는 대로 형조에 가서 곤장을 맞았는데, 그만 죽고 말았다. 그 일이 있은 뒤 동네 사람들은 욕심 많은 그의 아내를 따돌리며 상대해 주지 않았다. 그의 아내는 결국 길에서 빌어먹다가 죽고 말았다.

'유전무죄 무전유죄(有錢無罪 無錢有罪)'라는 말이 있습니다. '돈 있으면 무죄고, 돈 없으면 유죄'라는 뜻인데, 죄를 지어도 돈을 내고 벌을 받지 않는 사람이 있었던가 하면, 죄를 짓지 않았어도 돈을 벌기 위해 대신 매를 맞는 사람도 있었습니다. 앞의 두 이야기는 매품을 팔아서라도 먹고살아야 했던 조선 평민들의 고단하고 서글픈 삶을 우스꽝스럽고 섬뜩하게 보여 준다 하겠습니다.

셋

흥부 마누라 한참 놀다가,

"아이고, 영감. 좋을 일 있을 때는 남을 찾는다 해도, 궂은 일 있을 때에는 형제간밖에 없다는 말도 있으니, 우리가 아주버님 댁에서 나온 지가 언제요? 아주버님 댁에 건너가서 돈이든 곡식이든 좀 가지고 오시오."

"허허, 이 사람. 매 맞고 돈 벌어 갖고 온다니까, 기도를 해 가지고 매도 못 맞게 하면서, 인제 형님한테 가서 돈하고 곡식을 얻어 와? 형님이 좋은 마음으로 쌀말이나 주시면 모르되, 만약 보리나 주시면 어쩔 것인가?"

"아이고, 영감도! 우리 형편에 보리니 쌀이니 가릴 것이 뭐 있단 말이오? 보리라도 많이만 주면 좋지요."

"그런데 자네 보리 이름을 다 아는가?"

"아, 그것을 모르겠소?"

"허허, 참. 어디 말해 보소."

"쌀보리, 통보리, 겉보리, 늘보리, 햇보리. 아, 그걸 모른단 말이오?"

"야, 이 사람아! 그 보리를 말하는 것이 아닐세. 수양산 몽둥이보리는 자네 모르네그려."

"몽둥이보리? 아, 몽둥이보리라는 게 다 있다요?"

"허허, 이 사람이. 아, 몽둥이로 허리를 분지르는 몽둥이보리 말일세."

"아이고, 영감도 참. 오래간만에 건너갔는데, 설마 아주버님께서 그럴 리가 있겠소? 어쨌든 한번 건너갔다 오시오."

"그래. 매 맞아 죽으나 굶어 죽으나, 죽기는 마찬가지이니, 내 다녀옴세."

흥부가 건너간다, 흥부가 건너간다. 흥부 차림새 볼작시면, 테가 떨어진 헌 갓에 벼릿줄을 빽빽하게 매고, 다 떨어진 헌 도포에 실띠를 총총 지어 고픈 배를 눌러 띠고, 서리 내린 추운 아침 찬바람에 옆걸음 쳐서 손을 호호 불며, 이리저리 놀부 집으로 건너간다.

∞ **쌀말** — 한 말 남짓한 쌀.

∞ **늘보리** — '밥의 양을 늘리는 보리'라는 뜻으로, 따로 삶지 않고 쌀과 섞어 밥을 할 수 있도록 납작하게 눌러 놓은 보리를 말한다.

∞ **몽둥이보리** — '보리를 타다'가 '매를 되게 맞다'는 뜻이어서 운을 맞추어 표현한 것이다.

가는 도중에 마당쇠를 만났겠다. 마당쇠 깜짝 놀라며,

"아이고, 작은 서방님! 어쩐 일이시오?"

"오냐. 형님 잘 계시냐? 요새 도대체 형님 성품이 좀 어떠냐?"

"말도 마시오. 작은 서방님 나가신 뒤로 어찌나 약아 놓았든지, 제사를 지낼 때도 음식 대신에 돈 꾸러미를 바쳐요."

흥부 깜짝 놀라며,

"아니, 제사에 돈 꾸러미를 바치다니? 그게 무슨 말인지 이 녀석아, 말 좀 해 봐라."

"그게 말이지요, 제사상 위에다 빈 접시만 놓고, 거기다가 돈을 놓으면서, '이건 홍합, 새우 살 것이오', '이건 밤, 대추 살 것이오', '이건 조기 살 것이오', 한 서너 군데 떡 두었다가, 새벽쯤 되면 싹 씻어서 궤 속으로 들여놓습니다."

"뭣이 어째? 이놈, 이런 말도 안 되는 거짓말이 어디 있다는 말이냐, 이놈아!"

"아이고, 서방님! 제가 거짓말할 리가 있겠소?"

"큰일 났구나. 여태까지 조상님들을 굶겼단 말이냐? 그런데 내 여기까지 온 뜻은 형님한테 돈이나 곡식을 좀 얻어 갈까 하는 것인데, 큰일 났다."

"아서시오. 들어가지 마시오. 공연히 들어갔다가 약한 몸에 매라도 맞으면 어쩌려고 그러시오?"

"그렇지만 내 여기까지 왔는데, 형님한테 인사라도 여쭈고 가야제."

우루루루 들어가 뜰 밑에 꿇어 엎드려,

"아이고, 형님! 형님 동생 흥부 문안이오."

놀부가 문을 스르르르 열고 내다보며 귀찮은 듯이,

"아니, 형이라니? 집 잘못 찾아왔소. 내가 오 대째 독신으로 내려온 것을 삼척동자도 다 아는데, 날더러 형이라니? 내가 독자인데? 여보시오, 딴 데로 가 보시오. 당신 집 잘못 찾아왔소!"

"아이고, 형님. 형님 동생 흥부올시다."

"흥부, 흥부? 너 이놈, 마당쇠야! 작년에 그 쟁기 지고 도망간 종놈이 흥부 아니냐?"

"아이고, 샌님! 작은 서방님입니다. 그 자식은 청보요, 청보!"

"어, 참, 청보였지. 흥부? 흥부는 도무지 내 모르겠으니, 딴 데로 가 보시오."

흥부가 빌면 될 줄 알고 두 손을 모아 무릎을 꿇어 간청하는데,

"아이고, 형님! 형님께 비나이다. 사람이 죽고 사는 것은 하늘에 달려 있는 법인데 설마한들 죽사오리까만, 여러 끼니를 굶어 놓으니 이젠 진짜 죽을 것만 같소. 돈이 되거든 삼십 냥만 주시고, 쌀이 되거든 닷 말만 주시고, 벼가 있다면 한 섬만 주시면, 일을 하여 못 갚으며 품을 팔아 못 갚으리까? 그도 저도 못 하시면, 싸라기나 겨라도 주신다면, 어린 자식들을 살리겠네다. 정말 내가 원통하오. 남부끄러워 살 수가 없소. 천석꾼 형님을 두고 굶어 죽기가 원통하오. 형님, 불쌍한 동생을 살려를 주오. 형님, 살려 주옵소서."

놀부가 가만히 보더니,

"야, 흥부야. 너 진짜 불쌍하게 되었구나. 너 기왕 왔으니, 보리라도 몇 말 타 가지고 갈래?"

∞ 샌님 — '생원님'의 준말로, '생원님'은 평민이 선비를 이르던 말이다.

"아이고, 형님! 보리는 곡식이 아니오리까? 보리라도 많이만 주시면 좋지요."

"음, 그럴 것이다. 애, 마당쇠야! 이리 좀 오너라. 거, 대문 걸어 잠가라."

"아니, 샌님, 왜 대낮에 대문을 걸라고 하십니까?"

"야, 이놈아, 대문 걸어 잠그래두. 그리고 곳간 문 열어라."

"예, 곳간 문 미리 열어 놨습니다."

"아, 저런 죽일 놈이! 내 말도 안 듣고 감히 네 맘대로 곳간 문을 열어 놔?"

"아, 쌀이 되었든지, 보리가 되었든지, 벼가 되었든지 작은 서방님 줄려고 미리 열어 놨습니다."

"야, 이놈아! 잔말 말고 내 시킨 대로 해! 거 곳간 문 열고 들어가면, 쌀 백 석 있지?"

"쌀 한 가마니 갖다 드릴까요?"

"야, 이놈아! 그쪽에서 돌아가면 보리 백 가마니 있지?"

"보리 한 가마니 갖다 드릴까요?"

"야, 이놈아! 거기서 돌아가면 콩도 있고, 팥도 있고, 그리 썩 돌아가면, 내가 지리산 갔다 오면서 박달나무 방망이 하나 잘 깎아서 세워 놨느니라. 이리 가지고 오너라. 내가 요새 마음이 근질근질했더니라. 이놈을 내가 좀 만날라고 했더니, 마침 잘 만났으니, 너 이놈, 맛 좀 봐라!"

놀부란 놈이 그저 자기 귀한 동생을 몽둥이로 냅다 때리는데,

놀부 놈 거동 봐라, 놀부 놈 거동 봐라. 지리산 몽둥이를 눈 위에 번쩍 추켜들고,

“어따, 이놈, 흥부 놈아! 나의 말을 들어 봐라. 너 하나를 내보내고 도적놈이란 말을 들었으니, 이 분을 어디에다 풀까 곰곰이 생각해 보았는데, 오늘 잘 만났으니 몽둥이 매를 맞아 봐라!”

그저 후닥딱!

“아이고, 형님, 박 터졌소!”

“이놈아, 들어 봐라. 잘사는 것은 내 복이고, 못사는 것은 네 팔자다. 굶든지 먹든지 내가 알 바 아니다. 쌀말을 줘? 마당귀에 곡식 차곡차곡 쌓였으나, 네놈 주자고 곡식 단을 헐까? 돈을 줘? 창고

안에 엽전 꾸러미를 가닥가닥 만들어 떼돈을 넣어 놨으나, 네놈 주자고 엽전 꾸러미 끊으랴? 싸라기라도 주자 한들, 마당에 황계, 백계, 흑계가 수십 마리가 늘어서 이리 가고 저리 가며 날개를 치고 꽥꽥 우니, 네놈 주자고 닭 굶기며, 술 빚고 남은 지게미 주자 한들, 돼지우리에 돼지가 떼로 있으니, 네놈 주자고 돼지 굶기랴? 오곡이 썩어 나고, 돈 꾸러미가 녹이 슬어도 너 줄 것은 없다."

몽둥이 들어 메고 좁은 골짜기에 벼락 치듯, 담에 걸친 구렁이 치듯, 그저 후닥딱!

"아이고, 형님, 다리 부러졌소!"

흥부가 도망을 가려 하나 대문이 잠겨 있어 뛰쳐나가지도 못하고, 그저 퍽퍽 맞는구나.

흥부가 부엌 안으로 들어가며,

"아이고, 형수님! 사람 좀 살려 주오!"

이때 놀부 마누라는 놀부보다 훨씬 더 독했으니, 밥 푸던 주걱을 행주로 싹 씻어서 들고 나오며,

"아니, 아주뱀이고, 동아뱀이고 난 또 누구시라고? 한 달이면 서른 날, 일 년이면 삼백육십 날, 돈 달라, 쌀 달라, 세상에 이렇게 귀찮을 수가 있나? 아니, 언제 우리 집에 돈이나 곡식을 갖다 맡겼던가? 아나 돈! 아나 쌀!"

주걱으로 이짝 뺨 저짝 뺨 그저 철퍽철퍽 때려 놓으니, 흥부가 뺨

∞ **아주뱀** — '아주버님'을 속되게 일컫느라고 만들어 낸 말.

∞ **동아뱀** — '도마뱀'의 사투리로, 아주뱀에 이어서 비꼬아 일컬은 말이다.

을 맞으면서 생각하니, 자기 형님한테 맞은 건 참을 수 있겠는데, 형수한테 빰을 맞고 보니 두 눈이 캄캄해지고 사지가 벌벌 떨리며 기가 막혀 섰던 자리에서 폭 거꾸러지며,

"허허, 세상 사람들! 이런 일이 어디가 있소? 형수가 시동생 빰을 때리는 일이 세상 어디에 있다는 말이오? 여보시오, 형수님! 아니 아주머니! 나를 이렇게 치지를 말고, 사지를 짝짝 찢어서 아주 박살을 내어 죽여 주오! 나는 이제 더 이상 살기도 귀찮고, 배가 고파서도 못 살겠소. 지리산 호랑이야, 너라도 날 물어 가거라! 아이고, 하느님! 이 자리에 벼락이나 내려 주면, 저승으로 가서 부모님을 뵈온 뒤에 이 원통한 사정을 세세하게 아뢰련마는, 어찌하여서 못 죽는가?"

흥부 할 수 없이 부러진 작대기를 찾아서 짚고, 매운 것 먹은 사람처럼 후후 불며, 자기 집으로 건너간다.

집으로 돌아가면서 흥부가 생각하니,

'우리 마누라 성질이 급한데, 내가 우리 마누라더러 형님한테 두들겨 맞았다고 말하면, 그 성질에 난리를 낼 것이니, 내 거짓말로 마누라를 속여 봐야제.'

후후 불고 건너가니, 흥부 마누라 달려들며,

"아이고, 영감. 다녀오시오? 아주버님 댁에를 가시더니 뭐라도 좀 주십디까? 돈 꾸러미라도 좀 받았으면 어서 끌러 내놓으시오."

"허허, 이리 좀 앉소. 내 평생에 복이 없는 사람이어서 어떻게 해 볼 도리가 없었네."

"아, 어떻게 되었는데, 말 좀 해 보시오."

"아, 형님 댁에 건너갔더니, 형님께서 그간에 한 번도 안 왔다고

꾸중을 단단히 하시더니, 돈 닷 냥과 쌀 서 말을 주시데. 짊어지고 요 아래 강 모퉁이에 당도하니, 키가 팔 척이나 되는 큰 놈이 썩 나서며, '너 이놈! 너는 천석꾼의 아우 박흥부 아니냐?' 이러더니, 이놈이 내가 짊어진 걸 모조리 뺏고는 몽둥이로 어찌나 나를 때려놨던지, 내가 지금 꼼짝달싹을 못하겠네."

흥부 마누라가 이 말을 듣더니, 자기 영감을 물끄러미 바라보며,

"그런대도 내가 알고, 저런대도 내가 아요. 아주버님 속도 내가 알고, 형님 속도 내가 아요. 돈 닷 냥, 쌀 서 말이 그게 모두 거짓말이라는 것도 아요. 야속한 우리 아주버님, 곡식이나 돈은 못 줄망정 몽둥이질이 웬일이요? 차라리 내가 죽어 이런 꼴 저런 꼴 내 눈으로는 안 볼라네."

치마끈으로 목을 매어 죽기로만 작정하니, 흥부가 달려들어,

"아이고, 여보 마누라! 마누라가 살아도 내 고생이 이러한데, 마누라가 죽고 나면, 저 자식들은 어쩔라요? 차라리 모두 같이 죽자! 아이고, 아이고, 아이고, 내 신세야!"

흥부네 가족들이 모여서 모두 죽기로 작정하고는 서로 붙들고 울음을 우는구나.

제삿상 차려 주는 큰아들이 최고!

상속 제도와 조상 숭배

놀부는 부모님이 돌아가시자
한집에서 지내던 흥부네 식구를
매정하게 쫓아냅니다. 그래서 흥부네
식구들은 졸지에 거지 신세가 되어
이곳저곳 떠돌아다니게 됩니다.
놀부는 부모님이 물려준 재산으로
제법 부유하게 살았던 모양인데, 왜
동생에게는 입에 풀칠할 양식거리마저
주지 않았을까요?
왜 놀부는 잘사는데, 흥부는 끼니
걱정을 해야 할 만큼 가난한
것일까요?
놀부가 못된 사람이라 그럴 수도
있겠지만, 조선 시대의 상속 제도도
한몫했다고 할 수 있습니다.

다 똑같이 물려받소

매품 팔러 갔다가 허탕 치고 돌아온 흥부가 형 놀부를 찾아가는 길에 마당쇠를 만나 나눈 이야기를 기억해 봅시다. 마당쇠가 흥부에게 '놀부가 제삿상에 음식을 차리지 않고 돈 꾸러미를 올려놓았다가 다시 궤에 넣는다'고 하자, 흥부는 그런 말도 안 되는 거짓말은 하지 말라고 하며 조상님 굶긴 것을 걱정합니다. 바로 이 이야기에 한형제인데도 놀부만 잘살고 흥부는 못사는 까닭이 있습니다. 바로 큰아들 놀부가 조상의 제사를 지내기 때문입니다.

아들과 딸 사이에서는 아들이, 아들들 사이에서는 큰아들이 대접을 받는 것은 가부장적 가치관 때문인데, 큰아들이 조상의 제사를 모시므로 부모의 재산을 다 물려받는 것을 당연하게 여긴 것입니다. 아들과 딸을 차별하거나 장남과 차남을 차별하는 풍습은 조선 후기에 나타났습니다.
조선 전기까지만 해도 딸이라거나 큰아들이 아니라고 해서 차별을 받는 일은 없었고, 조상 제사도 돌아가면서 지냈으며, 아들이 없으면 사위가 대를 이어 제사를 지내기도 했습니다. 조선의 법전이었던 『경국대전(經國大典)』에는 재산을 상속할 때 본처가 낳은 자식은 아들이든 딸이든 모두 똑같이 나누게 하도록 되어 있습니다.

'다 똑같이'에서 '큰아들 많이'로

그런데 성리학이 사회 곳곳에 영향을 미친 조선 후기에는 남자 중심, 큰아들 중심의 가족 제도가 뿌리를 내리게 되었습니다. 가족 제도가 바뀌자 상속 제도 또한 바뀌게 되었습니다. 똑같은 몫을 받았던 딸은 조상을 봉양하고 제사를 지내지 않는다는 이유로 아들이 받는 몫의 3분의 1만 받게 되었습니다. 또 아들이라고 다 같은 아들은 아니었습니다. 아버지 중심의 혈통이 강조되자 큰아들이 가족을 이끄는 사람으로서 특혜를 받게 되었습니다. 그리하여 놀부와 홍부처럼 조선 후기에는 잘사는 형과 못사는 동생이 생겨나게 되었습니다만, 마음씨 착한 형이라면 놀부처럼 모질게 동생을 내치지는 않았겠지요.

조선 전기였다면 놀부가 홍부를 제멋대로 내쫓을 수는 없었을 겁니다. 그러니 『홍부전』은 조선 후기를 시간 배경으로 하고 있다고 볼 수 있겠지요. 당시에는 홍부처럼 돈 한 푼 받지 못하고 쫓겨난 이들이 『홍부전』을 읽고 나서 혹시나 하는 마음에 다리 부러진 제비가 없는지 두리번거렸을 수도 있겠네요. '대박'을 꿈꾸는 사람들이 복권을 사는 것처럼 말이지요.

넷

흥부, 제비 다리를 고쳐 주다

이렇듯이 흥부네 가족들이 모여서 울음을 울고 있을 때, 하느님이 돌봤던가, 흥부를 살리려는지 중 하나가 흥부네 마을로 왔더라.

그 중은 매우 호사스러운 차림새에 이인의 풍모를 가졌으니, 하얀 눈썹은 얼굴을 가득 덮고, 크나큰 두 귓밥은 어깨에 닿도록 축 늘어졌고, 목에는 염주 걸고, 팔에는 단주를 끼었더라. 구리 백동 반은장도를 옷고름 안에다 달고 중국 소상강 열두 마디짜리 대나무에 용머리를 새겨 만든 육환장에는 쇠고리 길게 달아 철렁철렁 흔들거리며, '나무아미타불 관세음보살. 상래소수공덕해 회향삼천 실원만, 봉위 주상전하수만세, 왕비전하수제년 국태민안법륜전 나무아미타불 관세음보살.' 염불을 하며 흔들흔들 흐늘거리고 내려온다. 중이라 하는 것은 절에서도 염불이요, 마을에 와서도 염불이라. 염불 천 번 하게 되면 극락세계 간다더라. 이 집 저 집 다 지나서 마침내 흥부네 집 문 앞에 당도하여서는 공손히 합장하여 인사하고,

"이 댁에 동냥 왔소."

흥부가 깜짝 놀라,

"여보, 마누라, 울지 마오. 밖에 중 하나 왔으니, 우지를 마오."

흥부도 나와서 중에게 합장을 하고 인사를 하며,

"여보시오, 스님. 눈으로 집을 둘러보시오. 서 발 장대로 저어도 걸릴 물건 하나 없을 만큼 가난하여 동냥 한 줌 못 드리니, 대단히 죄송스럽습니다."

∞ **이인**(異人) — 재주가 신통하고 비범한 사람.

∞ **단주**(團珠) — 밤톨 만하게 깎은 나무 구슬 여덟 개로 만들어 팔에 거는 염주.

∞ **육환장**(六環杖) — 도가 높은 승려가 짚던 고리가 여섯 개 달린 지팡이.

∞ **상래소수공덕해**(上來所修功德海) — 여태까지 닦은 공과 덕이 바다처럼 넓다는 뜻으로, 불경 축원문의 한 구절이다.

∞ **회향삼천실원만**(回向三千悉圓滿) — 염불을 하여 죽은 사람의 명복을 비니, 각 부처가 다스리는 삼천의 세계, 곧 온 우주가 다 원만하다는 뜻이다.

∞ **봉위**(奉位) — 절에서 불공을 드릴 때, 소원을 적은 종이를 불상을 밝히는 등 밑에 받들어 붙이는 일.

∞ **주상전하수만세**(主上殿下壽萬歲) — 임금님이 오래오래 사시기를 기원한다는 뜻이다.

∞ **왕비전하수제년**(王妃殿下壽齊年) — 왕비의 나이도 임금님과 똑같기를 기원한다는 뜻으로, 왕비 역시 오래 사시기를 기원한 것이다.

∞ **국태민안법륜전**(國泰民安法輪轉) — 나라가 태평하고 백성이 평안한 가운데, 부처님의 교화와 설법으로 중생의 어리석음을 깨우친다는 뜻이다.

"내 동냥하러 온 것이 아니라, 지나가다 우연히 듣게 되었는데 울음소리가 마치 죽음을 앞두고 있는 것 같아 그 연유를 알고자 왔나이다."

"예. 부끄러운 말이지마는, 굶다 못 견디어 십여 명 식구들이 모두 죽기로 작정했기에 울고 있었소."

"어허, 참으로 불쌍하오. 내 동냥 얻으러 다니는 중으로 아는 건 없으나, 내 뒤를 따라오면 집터 하나를 잡아 줄 테니 어떻게든 집을 짓고 거기서 사시오."

흥부가 기뻐하며 중 뒤를 따라간다.

이 산모퉁이를 지나고 저 산모퉁이를 지나서 어느 고개를 막 넘어 황급히 가더니만 중이 거기서 갑자기 우뚝 서서 사방을 살펴보는 것이었다.

"이 명당을 알아보시겠소? 천하의 제일가는 명당이라오. 이 명당에다 대강이라도 집을 짓되 남쪽으로 창을 내어 지으면, 다음 해에는 팔월 보름날 억십만금을 가진 큰 부자가 될 것이오. 자손들은 삼대에 걸쳐 진사가 되고, 오대를 이어 과거에 급제할 것이며, 그중에 병마절도사도 나올 것이오. 이 땅은 그런 명당이니 내 말을 명심하오."

흥부가 머리 숙여 중에게 인사하고, 고개를 드니 중은 이미 사라지고 온데간데없더라.

흥부는 그 중이 도승일 것이라 짐작하고, 하늘을 향해 여러 차례

∞ 도승(道僧) — 부처의 가르침을 닦아 깨달은 승려.

감사의 말씀을 올린 뒤에 원래 살던 움막을 뜯어다가 도승이 가르쳐 준 대로 집을 짓고 나서, 하루는 집터에 어울리도록 글자를 붙여 보겠다.

'겨울 동(冬) 자에 갈 거(去) 자에 삼월 삼짇날에 올 래(來) 자에, 봄 춘(春) 자가 좋겠구나. 복숭아꽃 살구꽃이 흐드러지게 피어 있고 배꽃이 뜰에 가득 쌓이니 실실 동풍에 꽃 화(花) 자도 좋고. 나비 접(蝶) 자에, 펄펄 날아 춤출 무(舞) 자도 좋을시고. 꾀꼬리 수루루 날아들어 노래 가(歌) 자 좋을시고. 기어가는 건 짐승 수(獸), 날아다니는 것은 새 조(鳥)라. 쌍쌍이 왕래하니, 제비 연(燕) 자가 좋을시고.'

하루는 제비 한 쌍이 흥부네 집으로 날아들더니 처마 끝에 집을 지었겠다. 그러고 제비들은 알을 낳고 새끼를 깠것다. 어미 제비들이 부지런히 먹이를 물어다 나르니 새끼 제비들은 잘도 자라났는디, 새끼 제비들이 제법 커서 날기를 배우려고 힘을 쓰다가 그만 공중에서 한 놈이 뚝 떨어져 다리가 똑 하고 부러지니 거의 죽게 되었다.

그 모습을 본 착한 흥부는 불쌍히 여기며 떨어진 제비를 조심히 주워 들며,

"불쌍타, 내 제비야. 높고 으리으리한 부잣집 다 버리고, 후미진 시골의 가난한 흥부 집에 와서 태어나 다리가 부러지니 이것이 웬일이냐?"

흥부는 명태 껍질과 질 좋은 명주실을 이웃에게 얻어 와, 그것으로 불쌍한 제비의 다리를 치료해 주고 찬찬 동여매어 다시 제비 둥지에다가 올려 주었다.

이 제비는 흥부의 은혜를 반드시 갚을 운명을 타고났기에 쉽사리 죽을 리가 있겠는가. 제비는 하루하루 점차 기운을 찾았지. 하루는 제비가 둥그렇게 드높은 하늘 위로 높이높이 날아올라 공중으로 둥실둥실, 펄펄 날아서 만 리 강남을 향해 날아가려고 하는 것이었다.

이에 흥부가 떠나는 제비를 보고 무척이나 아쉬워하며,

"섭섭하구나. 제비야, 너의 부러진 다리를 한스럽게 여기지 말아라. 오나라 손빈이는 두 발이 모두 없었으되 제나라로 들어가 대장이 되었고, 초한 시대 한신이는 손 하나가 없었으나 높은 대장 자리에 올라 모든 장졸들을 놀라게 하였으니, 부러진 다리를 원통히 생각하지 말고, 멀고 먼 만 리 강남을 부디 마음 편하게 잘 가거라."

제비도 흥부와 헤어지는 것이 섭섭하였는지 빨랫줄 위에 내려앉더니 제비 말로 지지주지 우지주지 흥부에게 뭣이라고 작별 인사를 하고 날아올라 창공에 높이 떴으니, 이리저리 노니는 제비 모습이 아름답고 반가워라.

"잘 가거라, 내 제비야!"

흥부 제비 훨훨 날아 만 리 강남으로 들어간다. 흥부 집을 떠난

∞ **삼월 삼짇날** — 음력 삼월 초사흗날.

∞ **손빈**(孫嬪) — 중국의 뛰어난 병법가로, 위나라에 있을 때 모함을 받아 발꿈치를 잘라 내고 얼굴에 글자를 새겨 넣는 형벌을 받았으나 제나라 사신이 그를 몰래 데려다가 제나라 임금의 스승으로 삼았고 나중에 전쟁에서 큰 공을 세웠다.

∞ **한신**(韓信) — 유방(劉邦)을 도와 중국 한나라를 세운 장수로, 처음에는 항우(項羽)를 따랐으나 등용되지 못하자 유방 아래로 들어가 대장군이 되었다.

지 며칠 만에 강남에 도착하여, 흥부 제비가 들어온다, 박흥부 제비가 들어온다.

새들 모여 사는 나라 왕은 촉나라 망제의 넋 두견새라, 각 나라로 나갔던 제비 점고를 하는데,

"중국으로 나갔던 명매기!"

"나 여기 왔소!"

"미국 나갔던 초록 제비!"

"나 여기 있소!"

"일본 나갔던 분홍 제비!"

"나 여기 있소!"

"만 리 조선에 나갔던 흥부 제비!"

흥부 제비가 들어온다, 흥부 제비가 들어온다. 부러진 다리가 아물었으나 부기가 덜 빠진 채로 절뚝거리고 들어오며,

"예!"

하고 대답하니, 제비 장수가 호령한다.

"이놈! 너는 어찌하여 다리가 부어서 돌아왔느냐?"

"예, 아뢰리다. 소조가 아뢰리다. 소조 운수가 불길하기 짝이 없어 만 리 조선에 나가 탄생하여, 날기 공부에 힘을 쓰다 공중에서

∞ **망제(望帝)의 넋 두견새라** — 망제는 중국 촉나라의 제후로, 임금 자리를 빼앗기고 억울하게 죽었는데, 그 넋이 두견새가 되었다는 전설이 있다.

∞ **점고(點考)** — 이름을 적어 놓은 장부에 점을 찍어 가며 수효를 확인하는 일.

∞ **명매기** — 제빗과의 여름 철새인 귀제비를 달리 이르는 말.

∞ **소조(小鳥)** — 새가 자신을 낮추어 일컫는 말.

뚝 떨어져 대번에 다리가 짤깍 부러져 거의 죽기 일보 직전 되었을 제, 어질고 어진 흥부 씨를 만나서 죽을 목숨이 살아났으니, 어찌하면 은혜를 갚을 수 있으오리까? 제발 이 사정을 특별히 깊게 헤아려 주오."

흥부 마을을 찾아서

'나의 살던 고향'이 그리도 궁금하오?

『흥부전』은 작자와 창작 연대를 알 수 없는 조선 후기의 판소리계 소설입니다. 그런데 전라북도 남원시의 두 마을이 인근에 전해지는 설화와 여러 가지 자료를 근거로 자기네 마을이 『흥부전』의 실제 무대인 '흥부 마을'이라며 옥신각신했다고 합니다. 남원시에서는 1992년에 경희대학교 민속연구소에 어느 마을이 진짜 흥부 마을인지 조사해서 결론을 내려 달라고 했답니다. 어느 마을이 진짜 흥부 마을로 인정받았을지 궁금하지 않으세요? 여러분도 한번 결론을 내려 보세요.

『흥부전』이 실제 있었던 이야기라고?

남원시 아영면 성리와 인월면 성산리에는 『흥부전』의 바탕이 된다고 추정되는 이야기가 전해지고 있습니다. 오늘날의 남원시 인월면 성산리에 해당되는 곳에는 박춘보(흥부의 실제 모델로 추정)라는 사람이 살고 있었습니다. 박춘보는 형과 함께 살다가 쫓겨나 유랑 끝에 복덕촌(전라북도 장수군 번암면 복성리)로 갑니다. 그 뒤 다시 현재의 남원시 아영면 성리로 옮겨 갔는데, 그곳에서 머지않아 부자가 되었다고 합니다. 어떻습니까? 박춘보 이야기가 『흥부전』의 내용과 비슷하지 않습니까?

성산리 흥부 마을에 있는 흥부각(興夫閣)

인월면 성산리에는 박 첨지라는 사람에 대한 이야기가 전해지는데, 박 첨지는 부자였는데도 인색했을 뿐만 아니라 이웃 사람들을 혹독하게 대했다고 합니다. 심지어 하나밖에 없는 동생을 내쫓았을 뿐만 아니라 다시 찾아왔을 때도 매만 줘서 내쫓았다고 합니다. 이 이야기도 『흥부전』의 내용과 비슷하지 않습니까?

태어난 곳 부자 된 곳 달라도 모두가 내 마을!

성리 흥부 마을에 있는 박춘보 묘

이런 이야기들을 근거로 아영면 성리와 인월면 성산리에서 서로 자기네가 흥부 마을이라고 주장하며 대립을 계속하자, 남원시에서는 경희대학교 민속연구소에 어디가 진짜 흥부 마을인지 가려 달라고 의뢰했습니다. 경희대학교 민속연구소에서는 『흥부전』의 내용을 토대로 현장 조사를 실시하여 흥부와 놀부의 고향은 인월면 성산리이며, 흥부가 부자가 된 마을은 아영면 성리라고 추정하고 두 곳 모두 흥부 마을이라고 인정해 주었습니다. 그 뒤부터 성산리 마을은 흥부가 태어난 곳이라 하여 '흥부 태생 마을'이라 불리고, 성리 마을은 흥부가 부자가 된 곳이므로 '복이 드러난다'는 뜻으로 '흥부 발복(發福) 마을'이라고 불리게 되었습니다.

성리 마을에는 춘보가 허기져 쓰러진 고개로 알려진 '허기재', 흥부의 묘에 해당되는 박춘보 묘 등이 남아 있고, 성산리 마을에는 흥부가 큰 부자가 되어 제비의 은덕을 기리기 위해 만든 다리라는 '연상교', 놀부의 묘에 해당되는 박 첨지 묘 등이 남아 있다니 호기심이 일지 않습니까? 게다가 해마다 10월에는 남원시에서 흥부제를 연다고 하니 한번 찾아가 보는 것도 좋겠습니다. 흥부제에는 『흥부전』 독후감 대회, 흥부와 놀부를 상징하는 그림 그리기 대회 같은 행사도 있다고 합니다. 여러분은 이미 『흥부전』을 읽었으니 어쩌면 여러분을 위한 행사인 듯합니다.

흥부제를 알리는 포스터

다섯

다친 제비가 박씨를 물고 오다

제비 장수가 가만히 보더니,

"오오, 그 흥부 씨로 말하면, 이제 강남까지 유명한 분이로구나. 네 흥부 씨 은혜를 갚으려면, 내년 봄에 조선으로 돌아갈 적에 은혜 갚을 박씨를 하나 물어다 흥부 씨에게 주면 되느니라."

어느덧 겨울이 모두 지나가고, 춘삼월이 한창이니, 흥부 제비가 흥부 은혜 갚을 박씨를 물고 노정기를 따라 나오는데, 이리저리 세상 구경 다니면서, 자진모리로 나오것다.

흥부 제비가 나온다, 흥부 제비가 나와. 검은 구름 박차고, 흰 구름 무릅쓰고, 공중에 둥실 높이 떠 두루 사방을 살펴보니, 중국 땅 사천성 가까웠네, 아직 동해 바다는 아득하기만 하구나. 축융

봉을 올라가니 봉황새가 넘나들며 놀고, 황우토, 황우탄, 오작교를 바라보니, 동정호가 펼쳐져 있구나. 오나라 초나라가 동남으로 뻗어 있고 가는 배는 북을 두리둥 두리둥 둥둥 어기야 어기야 노 저어 가니, 먼바다에서 두둥실 돛단배가 포구로 돌아온다. 수벽사명양안태 불승청원각비래라. 날아가는 저 기러기 갈대 순 하나를 입에 물고, 점점이 뚝 떨어져 드넓고 평평한 백사장에 내려앉네. 갈매기와 백로 들이 짝을 지어 푸른 바다 물결 위에 왕래하고, 저녁놀빛 온 마을에 가득하노라. 회안봉을 넘어 황릉묘 들어가니, 이십오현 비파를 달밤에 타고 반죽 가지 위에 쉬어 앉아 두견새 소리에 화답하고, 봉황대 올라가니 봉황은 날아가고 누대는 비었는데, 그 아래에는 강물만 흐른다. 황학루를 올라가니 황학은 한번 가서 돌아오지 않고, 흰 구름만 천 년을 유유히 떠서 흐른다.

∞ **노정기**(路程記) — 여행할 길의 경로와 거리를 적은 글로, 제비가 강남에서 흥부 집까지 가는 길은 중국에 나갔던 우리나라 사신들이 다니던 길과 같다.

∞ **자진모리** — 판소리나 산조 장단의 하나로, 휘모리장단보다 좀 느리고 중중모리장단보다 빠른 속도이다. 섬세하면서도 명랑하고 차분하면서 상쾌하다.

∞ **황우토**(黃牛土) — 중국 호북성 이창현 서쪽에 있는 황우산을 가리키는 말.

∞ **황우탄**(黃牛灘) — 황우산 절벽 아래로 흐르는 강.

∞ **동정호**(洞庭湖) — 중국 호남성 동북쪽에 있는 호수로, 아름다운 경치로 유명하다.

∞ **수벽사명양안태**(水碧沙明兩岸苔) **불승청원각비래**(不勝淸怨却飛來)**라** — 중국 당나라 시인 전기(錢起)가 쓴 시 「귀안(歸雁)」에 있는 구절로, '물은 푸르고 모래는 밝게 빛나며 강 언덕 양쪽에는 이끼가 푸르다. 맑은 설움 못 이기어 문득 날아 돌아왔다.'는 뜻이다.

∞ **비파**(琵琶) — 동양 현악기의 하나로, 인도와 중국을 거쳐 우리나라에 들어왔다. 몸체는 둥글고 긴 타원형이며 자루는 곧고 짧다.

∞ **반죽**(斑竹) — 순임금이 죽자, 두 왕후가 흘린 눈물이 상강의 대밭에 떨어져서 생겼다는 점박이 대나무.

금릉을 지나서 술 익는 마을로 들어가니,

홀로 자는 창밖에 복숭아꽃 오얏꽃이 피어 춘정을 더한다.

떨어지는 매화 꽃잎을 툭 차서 춤추는 그 자리에 떨어뜨리고,

의주에 다다라 계명산을 올라가니,

장자방 간 곳 없고, 남병산 올라가니 칠성단이 빈터로세.

∞ **오얏** — '자두'의 옛말.

∞ **장자방**(張子房) — 중국 한나라의 건국 공신으로, 이름은 장양(張良)이고, 자방(子房)은 자(字)이다. 유방을 도와 천하를 통일했으나 인생의 허무함을 느끼고 벼슬에서 물러났다.

∞ **칠성단**(七星壇) — 북두칠성을 모시는 제단으로, 중국의 제갈공명이 동남풍을 빌기 위해 남병산에 쌓았다.

연나라와 조나라 그 사이를 지나서, 장성을 지나 갈석산을 넘어 연경을 들어가니, 보살과 미륵이 많기도 많구나. 요동 칠백 리를 순식간에 지나, 의주를 다 지나, 압록강을 건너, 영고탑, 통군정을 지나, 안남산, 밖남산, 석벽강, 용천강, 산 고개를 넘어 들어, 금의환향 파발 고개, 강동다리를 건너, 평양의 연광정, 부벽루를 마주하고, 대동강 긴 수풀 헤치고, 송도를 들어가 만월대, 관덕정, 박연폭포 구경하고, 임진강을 재빨리 건너 삼각산에 왔구나.

땅 형세를 가만히 살펴보니, 천룡의 산맥 줄기 산마루로 흘렀고, 금화와 금성을 분별하여, 창경궁, 경복궁 휘돌아 도봉산에서 보름달을 바라본다. 문물이 빛나고, 이 시대의 풍속이 기쁘고도 즐거우며 성안의 방비는 견고하기만 하다.

전라도는 운봉이요, 경상도는 함양이라. 운봉 함양 맞닿은 곳, 그곳에 흥보가 사는지라. 저 제비 거동을 보소. 흥부 은혜 갚을 박씨를 입에다 가로 물고, 남대문 밖 칠패거리, 칠패, 팔패, 배다리, 청파, 애고개를 넘어, 동작강을 건너 남태령 고개를 넘어, 양 날갯죽지를 쩍 펼치고 번뜻 수루루 높이 떠서, 흥부 문전 당도했네, 흥부 문전 당도했네.

집 처마 위아래로 날아왔다 날아가고 펄펄 나는 제비 거동, 흥부 보고 좋아하네.

"얼씨구나, 떴다, 내 제비야. 나무 얽어 놓은 곳에 둥지를 만들려고 네 왔더냐? 북녘의 찬바람이 나그네 창가에 몰아치고 기러기는 하늘 높이 날아간다. 멀기도 멀고 좋고도 좋은 강남으로 너 보내고, 네 소식 궁금하여 청산으로 들어가서 두견새에게 네 소식을 물으려 하였더니 네가 나를 찾아와."

저 제비 거동 보소, 저 제비 거동 좀 보소. 보은 박씨 입에 물고, 이리저리 나온다. 붉은 모래 가득한 산에 봉황이 대나무 열매를 물고 오동 속에서 넘노는 듯, 깊은 산속 골짜기에 푸른 학이 난초를 물고 시냇물에서 넘노는 듯, 북해 흑룡이 여의주를 물고 빛깔 고운 구름 사이를 넘노는 듯, 집으로 펄펄 날아들어, 흥부 앉은 처마 끝에 들어갔다 나갔다, 무엇이라 '지지주지 우지주지 함지포지 우지배라.'

찬찬히 살펴보니, 질기고 좋은 명주실로 감은 다리 알록달락 달락알록 부러진 두 다리가 뚜렷하구나. 저 제비 둥그렇게 날아와서 박씨 하나를 떼그르르르 던져 놓고, 하늘 높이 흰 구름 사이로 날아간다.

이때에 제비는 박씨를 딱 떨어뜨리고, 저 먼 구름 속으로 왕래하며 날아가 버렸것다. 흥부 마누라 박씨를 주워 들고,

"아이고, 영감! 여기 제비가 박씨를 물어 왔는갑소."

"이리 갖고 오소. 좀 보세."

∞ **천룡**(天龍) — 하늘을 나는 용을 가리키는데, 풍수지리에서는 명당을 이루는 큰 산세를 몰고 내려오는 가장 큰 산줄기를 뜻하는 말이다.

∞ **지지주지**(知之主之) **우지주지**(又之主之) **함지포지**(啣之匏之) **우지배**(又之拜)**라** — 제비가 지저귀는 소리를 표현한 의성어이면서 의미가 통하게 만든 말로, '아는지요, 주인님. 아는지요, 주인님. 박씨를 물고 또 찾아와 인사를 드립니다.'라는 뜻이다.

흥부가 떡 보더니, 이게 무슨 뜻인고? 흥부가 글공부가 모자라던가 고민, 고민한다.

"보은, 보은. 이놈이 저 충청도 옥천으로, 보은으로 이리 뺑뺑 돌아왔구나. 기왕 물어 왔으니 심어야제."

동쪽 처마 담장 밑에다가 박 구덩이를 널리 파고, 짚을 깔고 거름 놓고 박씨를 심어 놓으니, 박 순이 올라오는데, 큰 짚신 신짝만이나 하게 순이 올라오것다.

흥부가 깜짝 놀래 가지고,

"아, 이놈의 박을 딱 심어 놓으니까 금방 올라오네. 아이고, 참 이상스런 것이구나!"

박 넝쿨이 뻗어서 나가는데, 큰 동아줄만이나 하게 뻗어 나가, 그 조그마한 흥부네 허름한 집을 꽉 잡아 둘러서 구 년짜리 대홍수에 장마가 진다 한들 비 한 방울 샐 틈 없고, 천둥이 친다 한들 무너지는 일이 있으랴.

이때부터 박 덕을 보는데, 이때는 어느 땐고? 녹음이 우거진 칠팔월 좋은 때라. 다른 집에서는 음식을 차리느라 지지고 볶고, 피, 피, 이놈의 냄새가 코끝을 무너뜨리고 나가는데, 흥부네 집은 가난하여 아무 상관이 없는 일이네. 흥부 마음이 울적하여, 할 수 없이 친구와 어울려 술 한잔 얻어먹으러 밖으로 나가고, 흥부 마누라 혼자 앉아 우는 것이 가난 타령이 되었것다.

"가난이야, 가난이로구나. 웬수 놈의 가난이야. 잘살고, 못살기는 묘 쓰기에 달렸던가? 삼신 제왕님이 짚자리에 떨어질 적에 목숨과 장수하고 복 받을지 미리 정해 놓았느냐? 어이하면 잘살더란 말이냐? 박복한 내 신세야. 다른 집 여인들은 어린 자식을 곱게 곱게 입혀 조상님 모셔 놓은 산에 성묘를 보내는데, 나는 무슨 팔자

∞ **보은(報恩)** — 제비가 물고 온 박씨에 적혀 있던 '보은'은 '은혜를 갚는다'는 뜻인데, 흥부는 충청도 보은을 뜻하는 것으로 본 것이다.

∞ **삼신(三神) 제왕(帝王)님이 짚자리에 떨어질 적에** — '삼신 제왕님이 짚자리에 떨어뜨릴 때에'라는 말로, '태어날 때'라는 뜻이다. 옛날에는 짚을 깔고 아기를 낳았기 때문에 이렇게 표현한 것인데, '삼신'은 아기를 점지하고 산모와 아기를 돌보는 세 신이다.

기에 한 달에 채 아홉 번도 끼니를 못 먹으니, 이런 팔자가 어디에 있나?"

홍부 마누라 철퍼덕 땅바닥에 주저앉아 다리를 제멋대로 펴고 울음을 운다.

도시에서는 제비를 볼 기회가 거의 없지만, 『흥부전』 덕분에 제비는 우리 민족에게 복을 가져다 주는 반가운 새로 여겨집니다. 예전에는 겨울이 끝날 때쯤에는 누구 할 것 없이 처마 밑에 둥지를 틀러 찾아올 제비를 기다렸습니다. 그리고 한 번쯤은 제비 다리를 고쳐 주고 부자가 된 흥부처럼 혹시 다친 제비는 없나 하고 제비 둥지를 살피기도 했습니다.

추위를 피해 떠났던 제비가 돌아오는 것을 보고 '강남 갔던 제비가 돌아온다'고 했는데, 제비가 돌아오는 때는 음력 삼월 삼짇날 무렵입니다. 봄과 함께 찾아온 제비는 가을이 오면 따뜻한 동남아시아로 갑니다. 양자강의 남쪽 '강남'으로 가는 것이지요. 그런데 『흥부전』에서는 제비가 북쪽, 그러니까 강북에서 날아옵니다. 제비가 날아온 길로 함께 떠나 볼까요?

나는 강북 갔다 온 제비일세!

『흥부전』의 제비가 날아온 길

'노정기'란 무엇일까요?

'제비 노정기'는 판소리 〈흥부가〉의 한 대목으로, 은혜 갚는 박씨를 문 제비가 흥부네 집으로 날아가는 여행 경로를 담은 여행기입니다.

그런데 〈흥부가〉의 제비 노정기는 사실대로 적은 것일까요?

그렇지 않습니다. 제비는 옆의 지도에서 파란색으로 표시된 것처럼 태국이나 베트남에서 대만을 거쳐 우리나라로 오거나 필리핀에서 우리나라로 오는 길로 날아다닙니다. 중국 양자강 남쪽에서 온다는 것은 상상일 따름이고, 우리나라로 올 때 굳이 북쪽으로 날아갔다가 다시 남쪽으로 내려올 필요도 없겠지요.

그렇다면 〈흥부가〉의 제비 노정기는 어디서 나온 것일까요?

중국에 파견된 사신들이 남긴 기록이 지금도 제법 많이 전해지고 있는데, 사신들이 다닌 길이 제비 노정기의 길과 비슷합니다. 조선 후기의 실학자 박지원은 중국에 다녀와 『열하일기』를 썼는데, 북경까지 가는 길은 『흥부전』의 제비가 날아온 길과 거의 비슷합니다.

그러면 다 똑같은 경로로 짜여 있나요?

그렇지 않습니다. 제각각 다른 경로로 짜여 있고, 제비 노정기에는 가상의 지명이 포함되어 있기도 합니다.

그런데 왜 사실과 다른 경로로 짜인 노정기를 사설에 포함시켰나요?

판소리는 원래 청중 앞에서 소리꾼이 이야기를 들려 주는 형식으로 연행되었습니다. 그러다 보니 청중들의 흥미를 불러일으켜야 했지요. 실제보다 더 부풀려서 표현하거나 대구 형식을 활용해 운율을 살린 것도 모두 청중의 흥미를 돋우기 위한 전략이었답니다.

여섯

에여루 톱질이로구나, 실건실건 톱질이야

이렇게 앉아 서럽게 울 제, 홍부는 친구와 어울려 술 몇 잔을 얻어먹고, 자기 집 문 앞에 당도하니, 안에서 울음소리가 낭자하것다. 홍부가 걱정이 가득하여 자기 마누라를 한번 달래러 들어가는데, 홍부가 들어간다, 박홍부가 들어가며, 자기 마누라를 달래는데,

"여보게, 이 사람아! 집안 어른이 어디를 갔다가, 집이라고 들어오면, 우루루루 쫓아나와 공손히 맞이하는 게 도리가 옳제, 자네가 이렇게 서럽게 울면, 동네 사람이 아니 부끄런가? 울지 말고 이리 오소. 이리 오라면,

이리 와. 배가 정녕 고프거든, 지붕 위로 올라가서 박을 한 통 내려다가, 박 속은 끓여 먹고, 바가지는 팔아다가, 양식 팔고 나무를 사서 어린 자식들을 잘 먹여 보세. 울지 말고 이리 와."

흥부가 지붕으로 올라가서 박을 톡톡 튕겨 보니, 칠팔월 찬 이슬에 박이 깍깍 여물었제.

"여보소, 마누라. 그 바늘 좀 이리 갖고 와 보소."

바늘 갖고 와서 박을 콕 쑤셔 보니, 바늘이 똑 부러졌것다.

"야, 이거 익었구나. 이거 세 덩이만 따 갖고 바로 내려가자."

흥부가 박 세 덩이를 따다가, 앞에다 놓고 박을 타는데, 박 타는데 무슨 소리가 있으랴마는, 한번 해 보는 것이었다.

"시리르르르르렁 시리르르르르렁 톱질이로구나. 에여루 톱질이로구나. 시르르르르르르 실건실건 톱질이야. 이 박을 타거들랑 아무것도 나오지를 말고서, 밥 한 통만 나오너라! 평생 밥이 한이 되어 내 소원이 되었구나. 에여루 당기어라. 시르르르르르. 실건실건 톱질이야. 여보게, 이 사람들. 이내 말을 들어 보소. 가난도 사주팔자에 다 있는가? 풍수지리가 글러서 가난한가? 산수가 글러서 가난하면, 형님만 잘사시고, 우리만 못사는 산수 세상천지 어디서 보았소? 에여루 당기어라, 톱질이야. 시리리

에여루 당기어라

톱질이야

시리리리 리 리 리

작은아들은 저리 가고

큰아들은 나한테로 오너라

우리가 이 박을 타거드면 박속일랑 끓여 먹고
바가지는 부잣집에다 팔아다가
귀한 목숨을 보전하여 보자

시 르 르 르 르 르 르

실건실건 톱질이야

리리리리. 작은아들은 저리 가고, 큰아들은 나한테로 오너라. 우리가 이 박을 타거드면 박속일랑 긇여 먹고, 바가지는 부잣집에다 팔아다가 귀한 목숨을 보전하여 보자. 시르르르르르르. 실건실건 톱질이야. 여보게, 마누라!"

"예."

"톱소리를 자네가 맞소."

"톱소리를 내가 맞자 한들, 배가 고파서 못 맞겄소."

"배가 정 고프거드면, 치마끈을 졸라매고, 시르렁 시르렁 시리렁 시리렁 시리렁 실건 당기어라, 톱질이야. 시르르르르릉. 시르렁 식싹, 시르렁 식싹, 실건 실건 시리렁 식싹, 실건 실건 시르렁 식싹, 실건 실건 시르렁 식싹 실건 실건."

박이 쫙 벌어지니, 박통 속이 휑.

"아니, 복 없는 사람은 계란을 먹으려 해도 그 속에 뼈가 들어 있다더니, 어느 도적놈이 박속은 모두 다 긁어 가 버리고, 남의 조상 신주 모셔 놓은 궤만 훔쳐다 넣어 놨구나. 얘, 이것 갖다 저리 내버려라!"

흥부 마누라 옆에서 가만히 보더니,

"아이고, 영감! 그 궤가 박통 속에서 나왔으니 내버리지 말고 한번 끌러 보시오."

"헤헤, 여자란 게 남자보다 통이 크단 말이여. 이걸 끌러 봐서 좋은 것이 들었으면 모르되, 만약 벌이나 나와서 자식들 다 쏴 죽이면 어쩌려고 그런가?"

"하이고, 영감도! 이리 죽으나 저리 죽으나 죽기는 매한가지니 한번 열어 봅시다."

"그러면 좋은 꾀가 하나 있네. 자네는 자식들 데리고 저기 저 문 앞에 가 섰소. 내가 이걸 끌러 봐서 좋은 것이 들었으면 이리로 오라는 듯이 손을 들이칠 것이고, 나쁜 것이 들었으면 저리로 가라는 듯이 손을 내칠 것이니, 자네는 자식들 데리고 도망을 멀리 가 버리소."

"아이고, 영감은 어쩌려고?"

"아, 이 사람아, 영감 죽으면 또 얻으면 그만이제. 암말도 하지 말고 그렇게 하소."

흥부가 궤 두 짝을 앞에다 놓고 가만히 살펴보니, '흥부 씨 개봉해 보시오.'라고 하였겄다.

"아, 이거 나한테 보내는 것이로구나. 끌러 봐야제."

눈 질끈 감고 한 궤를 떡 열고 보니, 임금님만 드시는 기름진 쌀이 수북하고, 또 한 궤를 열고 보니, 돈이 그저 꽉 찼는데, 흥부가 어찌 좋던지,

"어따, 돈, 쌀 봐라!"

해 놓은 것이, 흥부 자식들과 흥부 마누라가 온통 총알 들어오듯이 그냥 '웽' 소리 내면서 들어와서, 쌀을 쥐어 먹는 놈, 돈을 갖고 제기를 차는 놈, 난리가 났겄다.

"아이고, 여보 영감! 이거 웬일이다요?"

"허허, 이 사람아, 그리 묻지만 말고 이거 한번 떨어 부어 보세."

흥부가 그냥 떨어서 붓는 것이 아니라, 장단을 휘모리로 다르르

∞ 톱소리 — 톱질할 때 부르는 노래.

르 급하게 쳐 놓고는 장단을 잠시 쉬고 나서 궤짝을 떨어 부어 보것다.

흥부가 좋아라고, 흥부가 좋아라고, 흥부가 좋아라고 궤 두 짝을 톡톡 떨고, 열고 보니 도로 하나 가득하고, 부어 내고, 덜어 내고, 톡톡 떨고 돌아섰다 들고 보니, 도로 하나 가득. 톡톡 떨고 열고 보니 도로 하나 가득하고, 부어 내고, 덜어 내고, 톡톡 떨고 돌아섰다 열고 보니 도로 하나 가득. 떨고 붓고 돌아섰다 돌아보니 도로 하나 가득하고, 떨고 붓고 돌아섰다 돌아보니 도로 하나 가득하고, 부어 내고 덜어 내고, 톡톡 떨고 돌아섰다 열고 보니 도로 하나 가득. 이리 갔다 열고 보니 도로 하나 가득하고, 저리 갔다 열고 보니 도로 하나 가득하고, 부어 내고, 덜어 내고, 톡톡 떨고 돌아섰다 열고 보니 도로 하나 가득. 부어 내고, 덜어 내고, 덜어 내고, 부어 내고, 덜어 내고, 덜어 내고, 부어 내고, 부어 내고, 부어 내고, 덜어 내고, 덜어 내고, 부어 내고.

"아이고, 좋아 죽겄네! 일 년 삼백육십 일을 그저 꾸역꾸역 나오너라!"

어찌 퍼부어 놨던지, 그 돈과 쌀을 계산할 수가 없던가 보더라. 흥부가 좋아라고 그저 엽전 한 꿰미를 들고 놀아 보고, 흥부 마누라는 쌀 궤짝을 들고 노는데, 그저 절굿공이처럼 펄쩍펄쩍 뛰면서 춤추며 한번 놀아 보것다.

흥부가 좋아라, 박흥부가 좋아라고! 돈 한 꿰미를 손에다가 들고 춤을 추면서 논다.

"얼씨구나, 좋구나! 지화자자 좋을시고! 맹상군의 수레바퀴처럼 둥글둥글 생긴 돈, 사람을 죽이기도 살리기도 하는 돈, 부귀공명이 붙은 돈. 이놈의 돈아! 아나, 돈아! 어디를 갔다가 이제야 오느냐? 얼씨구나 돈 봐라. 여보아라, 큰자식아! 건넛마을 건너가서, 너의 큰아버지 오시래라. 경사를 보아도 형제간에 보자, 얼씨구나 절씨구. 엊그제까지 박흥부가 남한테 구걸하여 먹기를 일삼더니, 오늘날 부자가 되었으니 석숭이를 부러워하며, 도주공을 내가 부러워하리? 불쌍하고 가련한 사람들아, 우리 집을 찾아오소. 나도 오늘부터 공짜로다 양식 쌀을 나눠 줄란다, 얼씨구나 좋을시고. 얼씨구 절씨구 지화자 좋네. 이런 경사가 또 있나!"

한참 좋아라고 절굿대춤을 추었것다.

"여보시오, 마누라. 우리 쌀 본 김에 밥이나 좀 해 먹읍시다. 아, 우리 식구들이 몇이지? 내가 자식 놈들이 어찌 많던지 몇 놈이 되는지를 모르겄어. 가만있자, 음, 아리롱이, 다리롱이, 거맹이, 노랭이, 백산이."

흥부가 아들 이름을 지을 때 쭉 개 이름으로 전부 지었것다.

"가만히 있거라. 세 보자. 옳지. 자식이 아홉, 우리 내외 합하니 열하나로구나. 굶던 차에 한 명 앞에 쌀 한 섬씩 못 먹겄는가? 쌀 열한 섬만 밥을 해라."

밥을 해 놓은 것이 닷 마지기 거름 무더기보다도 더 크것다.

∞ **휘모리** — 판소리 장단에서 가장 빠른 속도로 처음부터 급하게 휘몰아 부르는 장단.

∞ **석숭(石崇)** — 중국 진(晉)나라 때의 큰 부자로, 땔나무 대신 촛불을 사용하고, 비단으로 50리나 되는 장막을 만들 정도로 낭비벽이 심했다고 한다.

∞ **도주공(陶朱公)** — 중국 월나라 왕 구천(句踐)의 충신으로, 후에 제나라에서 큰 부자가 되었다.

∞ **절굿대춤** — 팔만 벌리거나 몸의 관절만 움직이거나 또는 아래위로만 움직이며 제멋대로 추는 춤.

홍부가 지혜가 있는 사람이라, 자식 놈들 굶주렸던 차에 함부로 밥을 먹다 탈이 날까 싶어서, 자식들에게 엄하게 명을 내리는데,

"너 이놈들! 내 명령이 있기 전에 밥을 먹었다가는 밥으로 목을 베리라!"

해 놓으니까, 그래도 자식 놈들이 자기 아버지 영을 꼭 지켰던가, 그저 온통 조총 구멍에서 총알 나가듯이 하려고 그냥 팍 쪼그리고 앉아서, 자기 아버지 영 내리도록 기다리고 있을 적에,

"너 이놈들! 숨 쉬어 가면서 밥 먹어라!"

하니까, 총에 탄알 나가듯이 '웽' 소리만 나고, 자식 놈들은 하나도 남김없이 없어졌것다.

"아, 이놈들이 다 어디로 도망갔을까?"

아, 이놈들이 그냥 어떻게 세게 갔던지, 밥 속에 폭 박혀 가지고, 속에서 벌레가 나무 좀먹듯 먹고 나오는데,

"참, 자식 놈들 밥 먹는 것 기가 막히게 먹는구나. 여보시오, 마누라. 내 평생의 원이니, 옷을 몽땅 다 벗고, 나도 밥 속에 폭 파묻혀서 먹어 볼라요."

"아이고, 영감, 그러면 나도 그럴라요."

"허허, 이 사람아! 자네가 남녀가 유별한데, 행여라도 그렇게 하면 못쓰는 것이니, 자네는 여기서 밥 먹는 구경이나 하고, 조금씩 먹소."

홍부가 밥을 먹는데, 그냥 먹는 것이 아니라, 밥을 똘똘 뭉쳐 가지고 어깨 너머로 훅 던져서는 두꺼비 파리 잡듯 딸깍딸깍 받아 먹는데, 밥 먹는데 무슨 박자 있으랴마는, 그 밥 먹는 데도 휘모리로 달아 놓고, 밥을 먹어 보것다.

홍부가 좋아라고, 홍부가 좋아라고, 밥을 먹는다. 홍부가 좋아라

고 밥을 먹는다. 흥부가 좋아라고 밥을 먹는다. 똘똘 뭉쳐 갖고 던져 놓고 받아 먹고, 던져 놓고 받아 먹고, 던져 놓고 받아 먹고, 던져 놓고 받아 먹고, 던져 놓고 받아 먹고, 던져 놓고 받아 먹고, 똘똘 뭉쳐 갖고 던져 놓고 받아 먹고, 던져 놓고 받아 먹고, 던져 놓고 받아 먹고, 던져 놓고 받아 먹고, 어찌 밥을 먹어 놓았던지, 밥이 목구멍까지 차 가지고 정신이 없고, 눈을 뒤집어 까고 흥부가 죽게 되었구나. 흥부 마누라 밥을 먹다 가만히 보니, 자기 영감이 죽게 되었는데, 흥부 마누라 놀래 가지고,

"아이고, 영감! 밥 먹다 죽다니, 이런 일이 어디가 있소?"

"어라, 아직도 내가 밥을 먹으려면 쌀 석 섬은 더 먹겄구나."

흥부 자식들이 밥 먹느라고 자기 아버지 죽는 꼴도 못 보겄다. 이때에 흥부 큰아들놈이 썩 들어오며 손님 대접하려고 차려 놓은 밥 묻듯 하겄다.

"밥은 어떻게 되었소?"

"아이고, 이 녀석아! 밥이고 뭣이고, 느그 아부지 죽는다!"

"밥 먹다 죽는 게 뉘 아들놈한테 원망을 한단 말이오?"

"이 녀석아, 말을 그렇게 함부로 하느냐?"

"아, 밥 먹고 죽으면 죽었제, 엇다 쓰겄소, 거? 그래, 아버지, 이 배가 배요? 아무리 생각해도 이상스럽게 생겼으니, 한번 튕겨 봅시다."

'탁' 튕겨 놓으니까, 어떻게 밥을 먹어 놨던지, 뱃가죽이 장구 가죽 되어 갖고, '땡그랑' 소리가 나게 밥을 먹었던가 보더라. 배꼽에 있는 때가 녹두알처럼 그저 똘똘 뭉쳐서 나가는데, 튕겨 나가는 소리가 '팽팽' 나고 '땡그랑' 소리가 나는데 기가 막히것다. 흥부 자식들이 밥을 먹다 '땡그랑' 소리에 깜짝 놀래 갖고, 우 달려들어 이

놈이 '땡그랑' 탁 튕기고, 저놈이 튕겨서, '땡그랑 땡그랑 땡그랑 땡그랑 땡그랑' 장단이 맞게 되었것다. 홍부 자식들이 어떻게 좋던지, 배를 꾹 눌러 놓은 것이 똥 줄기가 되었던가 보더라. 이때에 홍부가 어디 살았는고 하면 운봉, 함양 고개 밑에 살았것다. 똥 줄기가 운봉 남원 고개로 그냥 넘어 달려오니까, 농군들이 논에서 일을 하다가, 무지갯살같이 그저 불그스름히 넘어오니까 어떻게 놀래놨던지, '황룡 올라간다.' 하고 전부 절을 했더란다. 그래서 그해에 운봉은 그냥 몇 해 만에 풍년이 들어 갖고 잘되었제. 이건 잠시 동안 소리하는 사람의 우스갯소리였던 것이다.

홍부가 좋아라고 둘째 통을 들여놓고 타는데,

"시리렁 실건, 톱질이로구나. 에여루 당기어라. 시르르르르르르. 실건 실건 톱질이야. 이 박을 타거드면 아무것도 나오지를 말고서 금은보화가 나오너라! 금은보화가 나오거드면 형님 갖다가 드릴란다."

홍부 마누라 화를 내며, 톱 미리를 시르르르르르 놓고, 뒤로 주춤 물러서서 자기 영감을 물끄러미 보더니마는,

"나는, 나는 안 탈라요, 안 탈라요. 여보, 영감, 형제간이라 잊었소? 동지섣달 추운 날에, 자식들을 맨발을 벗기어, 몽둥이 무서워 쫓겨나던 일을 관 속에 들어가도 못 잊겠소. 나는, 나는 안 탈라요. 안 탈라요."

홍부가 화를 내며,

"타지 마라, 이 사람아! 나 혼자 탈란다. 타지 마라. 계집이라 하는 것은 상하 의복과 같은지라, 의복이라 하는 것은 떨어지면 지어 입제, 형제는 한 몸에 달린 손발과 같아서 한번 아차 죽고 보면, 조

선 팔도 너른 곳에 얼굴인들 다시 보겄느냐? 나 혼자 탈란다. 타지 마라."

흥부 마누라 가만히 듣더니,

"아이고, 영감! 영감 말을 듣고 보니, 내 잘못한 것 같소. 다시 안 그럴 터이니 한 번만 용서하오."

흥부가 비식거리고 웃으면서,

"부부간이라 하는 건 다툼이 나도 칼로 물 베기라. 자네가 그럴 리가 있겄는가. 자네같이 얌전하고 좋은 사람 마음이 그럴 리가 있겄는가. 그렇고말고! 다시 그리 말아야제. 우리 그러면 재미있게 한번 타 보세."

"실건 실건 시리렁 실건 톱질이야. 이 박을 타거드면 아무것도 나오지 말고 은금보화만 나오너라. 시리렁 실건 톱질이야. 시리렁 실건 톱질이야. 강 귀에 둥실 뜬 배 수천 석을 실었은들, 즈그만 좋아하지 내 박 한 통을 당할쏜가? 시리렁 실건, 톱질이야. 좋을시고, 좋을시고. 밥 먹으니 좋을시고. 그 옛날 중국의 수인씨가 사람들에게 불 쓰는 법과 음식 익혀 먹는 법 가르쳐 준 게 나를 위해서 한 것인가. 시르렁 실건, 톱질이야. 시리렁 실건, 어유아, 당기어라."

시르렁 식싹, 시리렁 식싹, 실건 실건 시리렁 식싹, 실건 실건 시리렁 식싹, 실건 실건 시리렁 식싹, 실건실건.

박이 쫙 벌어지니, 박통 속에서 온갖 비단이 잇달아 나오는데, 비

∞ **즈그** — '저희'의 사투리.

∞ **수인씨(燧人氏)** — 중국 고대 전설상의 제왕으로, 불을 쓰는 법과 음식물을 조리하는 법을 전했다고 한다.

단이 어떻게나 많이 나오는지, 흥부 마누라가 비단 이름을 대개 알았던가, 비단 이름을 한번 불러 보겄다.

온갖 비단이 나온다. 온갖 비단이 나온다. 하늘 높이 해 뜨듯이 번뜻 떴다 해무늬 비단, 고소대 악양루의 이태백이 시에 나오는 달무늬 비단, 선녀들이 하늘나라 잔칫날에 진상하던 복숭아 무늬 비단, 온 세상 산천초목 그려 내던 지도 무늬 비단, 태산에 올라 천하가 작아 보인다 하시던 공자님의 비단, 남양 초당의 경치 좋은 곳에 천하 영웅 제갈량의 와룡 비단, 어지러운 세상에 천둥 치듯 큰 소리에 영초 비단, 전쟁이 시르르르 그치니 태평시대 소원 비단, 염불 타령 지어 놓고 춤추기 좋은 장단, 가는 님 허리 안고 가지 말라 도리불수, 임 보내고 홀로 앉아 독수공방의 상사단, 큰방, 골방, 가로닫이 국화 새김 완자무늬, 가을바람 부는 달밤에 두꺼운 비단이요, 심심산골 솔숲 속에 무서웁다 호피 무늬 비단, 쓰기 좋은 갑사 갓끈, 인정 있는 얇은 비단, 부귀다남 복 받으라고 복수(福壽) 비단, 행실 부족 궁초단, 절개 좋은 송죽단, 뚜두럭꿉벅 허니 말굽장단, 서부렁섭적 세발릉단, 뭉게뭉게 구름 비단, 흑공단, 백공단, 한산 모시, 송화색이며, 청색 비단, 붉은 비단, 아주 얇은 통견이며, 모래 사주, 변방 병사들 군복 짓는 방의주, 해남포, 몽고 삼승, 남색 삼베까지 그저 꾸역꾸역, 온갖 비단이 다 나와.

"하이고, 영감. 내 숨 가빠서 이 비단 이름 다 못 세겄소. 아이고, 이 비단을 다 어쩔 것이오?"

"마누라가 나한테 시집온 뒤로 비단옷 한 번 못 얻어 입었으니, 무슨 색이 좋던가? 한번 골라 보시오."

"아이고, 나는 송화색 노란 빛깔 저고리에다 삼회장 끼워 입으면 제일 좋아요."

"촌사람이라 할 수 없구먼."

"아이고, 영감도! 영감은 어디 사는데 나보고 촌사람이라고 해요? 영감은 무슨 색이 좋습디까?"

"응, 나는 망건꾸미개를 하나 갓끈을 하나 흑공단이 제일로 좋데."

"좋은 놈 챙겼소! 그러면 그놈을 갖고 흑공단으로 저 위에서부터 아래까지 챙겨 봅시다."

"한번 차려 보게 해 보소."

흑공단 망건, 흑공단 갓끈, 흑공단 두루마기, 흑공단 저고리, 흑

∞ **장단**(長短) — 전통음악에서 박자를 가리키는 이름으로, '장단'의 '단'이 '비단'의 '단'과 같아 말놀이 삼아 붙인 것이다.

∞ **도리불수** — 비단의 한 종류로, 겨울용 치마나 행전을 만드는 데 쓰인다. 여기서는 '가지 말라'에 이어져서 '돌아볼'과 음이 비슷하여 쓰인 말이다.

∞ **상사단**(相思緞) — '남녀가 서로 그리워하는 비단'이라는 뜻으로, 상상으로 꾸며 낸 비단 이름이다.

∞ **완자무늬** — 만(卍) 자 모양의 무늬.

∞ **갑사**(甲紗) — 품질이 좋은 비단으로, 얇고 성겨서 여름 옷감으로 많이 쓴다.

∞ **궁초단**(宮綃緞) — 비단의 한 가지. '궁초'를 다할 궁(窮) 자와 닮을 초(肖) 자로 쓰면 어질지 못하다는 뜻이므로, '행실 부족'이라는 수식어를 달았다.

∞ **송죽단**(松竹緞) — 소나무와 대나무가 그려진 비단으로, 소나무와 대나무가 절개를 상징하기 때문에 '절개 좋은'이라는 수식어를 달았다.

∞ **세발릉단**(細-綾緞) — 발이 가는 비단으로, '서부렁섭적'은 가볍게 움직이는 모습을 나타내는 의태어이다.

∞ **통견**(通絹) — 아주 얇은 비단.

∞ **모래 사주**(紗紬) — 명주실로 바탕을 조금 거칠게 짠 비단을 뜻하는 '사(紗)' 자가 '모래 사(沙)' 자와 음이 같기 때문에 지어낸 말인 듯하다.

∞ **몽고 삼승**(三升) — 몽고에서 나던 굵고 질긴 베.

∞ **삼회장**(三回裝) — 여자 저고리의 깃, 소맷부리, 겨드랑이에 자주색 또는 남빛 헝겊을 대어 꾸민 것.

공단 바지, 흑공단 버선, 흑공단 허리끈, 흑공단 대님, 흑공단 손수건을 들고,

"어떻소, 내 호사스런 차림이?"

"가만히 보니까, 그것으로 차리면 틀림없이 까마귀 새끼 모양이겄소."

"에끼, 고약한 사람 같으니! 아, 까마귀면 까마귀였제, 새끼 자는 뭐할라고 집어넣는가?"

"아이고, 내가 잘못했소."

"그러면, 마누라 한번 차려 보제."

흥부 마누라가 차린다. 흥부 마누라가 차리는데, 온통 송화색으로 차린다. 송화색 댕기, 송화색 저고리, 송화색 치마, 송화색 단속곳, 송화색 버선, 송화색 속속곳, 송화색 주머니, 송화색 허리끈, 송화색 손수건을 들고,

"어떻소, 내 호사?"

"하릴없는 버드나무 위에 꾀꼬리 모양이네그려."

"아이고, 영감, 그리 말고, 마지막 통 저 놈 들여놓고 타 봅시다."

"그래 보세."

마지막 통을 들여놓고,

"당기어라, 톱질이야! 시리렁 실건, 톱질이야! 당기어라, 좋을시고, 좋을시고, 밥 먹으니 좋을시고. 큰 나라 임금이라 할지라도 먹는 게 가장 큰일이라 하였으니, 밥이 아니면 무슨 수로 살 수 있나? 시리렁 실건, 톱질이야! 당기어라. 이 박통에서 나오는 보화로 김제 만경 넓은 들을 억십만금을 주고 사자. 충청도 넓은 들을 수만금을 주고 사면, 더더욱 큰 부자가 되리로다. 시리렁 실건, 톱질

이야! 당기어라.”

시리렁 식싹, 시리렁 식싹, 실건 실건, 시리렁 식싹, 실건 실건, 시리렁 식싹, 실건 실건. 박이 반쯤 벌어지니, 박통 속에서 사람 소리가 두런두런하더니, 사람이 나오는데, 큰 연장을 든 놈, 작은 연장을 든 놈, 대톱 든 놈, 소톱 든 놈, 끌 들고, 방망이 든 놈, 먹통 든 놈, 그저 꾸역꾸역 나오더니, 목수들이 집을 짓느라고 우당탕 퉁탕 야단이 났제.

흥부가 어찌 놀래 놨던지, 자식들은 죽든지 살든지 다 내버려 두고, 그래도 마누라가 제일 좋았던가, 둘이 손을 꽉 잡고, 한쪽에 가서 꽉 찡겨서 눈을 딱 감고 정신없이 있을 적에, 가만히 들어 보니 조용하제. 눈을 떠서 사방을 둘러보니, 전에 있던 헌 집은 간 곳이 없고, 고래 등같이 큰 기와집을 대단하게 지어 놨는데, 꼭 이렇게 지었것다.

동쪽 산 아래 넓은 천지에 풍수지리로 방위 잡아 삥 둘러 담을 치고, 안팎 중문, 솟을대문에 벽장 다락이 좋을시고. 만석지기 논문서와 천석지기 밭문서며, 백 가지 종 문서가 가득 담뿍 쌓여 있고, 사랑방을 나가 보니 바닥에는 두꺼운 장판, 천장에는 우물 정 자 반자, 완자무늬 밀창이며, 꽃무늬 새긴 문갑, 거북 껍질 책상까지 놓여 있고, 『시경』, 『서경』, 『주역』이며, 이백 두보 시집에, 『자치통감』, 『십팔사략』을 좌우로 좌르르르르 벌였는데, 흥부가 보고 좋아라고,

---

∞ **반자** — 방이나 마루에 종이나 나무로 반반하게 만든 천장으로, 보통 우물 정(井) 자 모양으로 만든다.

"얼씨구나, 좋구나! 지화자자자 좋기도 좋네. 박흥부가 문전걸식을 일삼더니, 오늘날 부자가 될 줄 어느 누구가 알았겠느냐? 얼씨구나, 좋을시고. 지화자자 좋을시고."

흥부가 좋아라고 며느리들을 얻었는데, 번뜻번뜻하게도 생겼더라.

한옥 짓기

집터 잡기부터 집들이까지

흥부가 가난에서 벗어나 부자가 될 수 있었던 까닭으로는 먼저 탁발하러 왔던 승려가 알려 준 명당에 집을 짓고 산 것을 들 수 있습니다. 대강이라도 집을 짓되 남쪽으로 창을 내면 큰 부자가 되고 자손들이 과거에 급제하고 높은 벼슬을 지낼 것이라는 예언을 따랐던 것이지요.

놀부에게도 집터를 둘러싸고 소동이 벌어집니다. 박에서 나온 상여꾼이 놀부 집터가 명당이어서 묏자리로 써야 하니 집을 뜯어 버리라고 합니다. 그런데 명당이라는 소리를 들은 놀부는 욕심이 나서 그 말을 따르지 않습니다.

아무튼 오늘날도 마찬가지지만, 조선 시대 사람들에게 집은 각별한 존재였습니다. 집터를 잡는 일에서부터 집 짓기를 마치고 집들이를 하기까지의 과정을 따라가 볼까요?

나는 이 집을 짓는 일을 책임지고 지휘하는 우두머리 목수라오. 사람들은 나를 '도편수'라고 하지요. 흥부네 집터를 살펴보니 도승이 예언한 대로 좋은 일이 많이 생길 것만 같소. 집 뒤로는 산이 둘러싸고 있고, 앞으로는 물이 흐르는 배산임수(背山臨水) 남향집이니 더 말할 필요가 있겠소? 개토제도 지냈고, 어제는 모탕고사도 지냈으니 이제 부지런히 집 지을 일만 남았소.

개토제(開土祭)
집터를 닦거나 묘자리를 팔 때 그 토지의 수호신에게 지내는 의례로, 땅을 다루고자 할 때 먼저 그 땅의 주인인 수호신의 허락을 받고자 예를 올리는 것입니다.

모탕고사(-告祀)
집 짓는 일을 시작하기 직전에 목수들이 올리는 고사로, 집을 지을 때 연장에 다치는 일이 없기를 바라며 나무를 올려놓고 자르거나 다듬을 때 쓰는 모탕 주위에 제물을 차리고 톱이나 장도리 따위의 연장을 늘어놓고 지냅니다.

우리는 지금 단단하게 다진 집터에 주춧돌을 놓고 있소. 이 위에 기둥을 세우게 되니 주춧돌 놓는 일이야말로 집 짓기의 기본이라 할 수 있지. 그냥 맨땅 위에 기둥을 세우면 기둥이 썩을 수 있으니 반드시 주춧돌 놓는 일부터 해야 한다오. 기둥을 세우려면 그레질을 해야 하는데, 우린 바쁘니 도편수에게 그레질이 무엇인지 물어보오.

내가 하는 일은 '다림 보기'라고 하는데, '다림'의 뜻이 수평이나 수직을 헤아려 보는 것이라오.
이렇게 무거운 추를 늘어뜨리면 기둥을 수직으로 바로 세웠는지 비뚤어지게 세웠는지 알 수 있소.

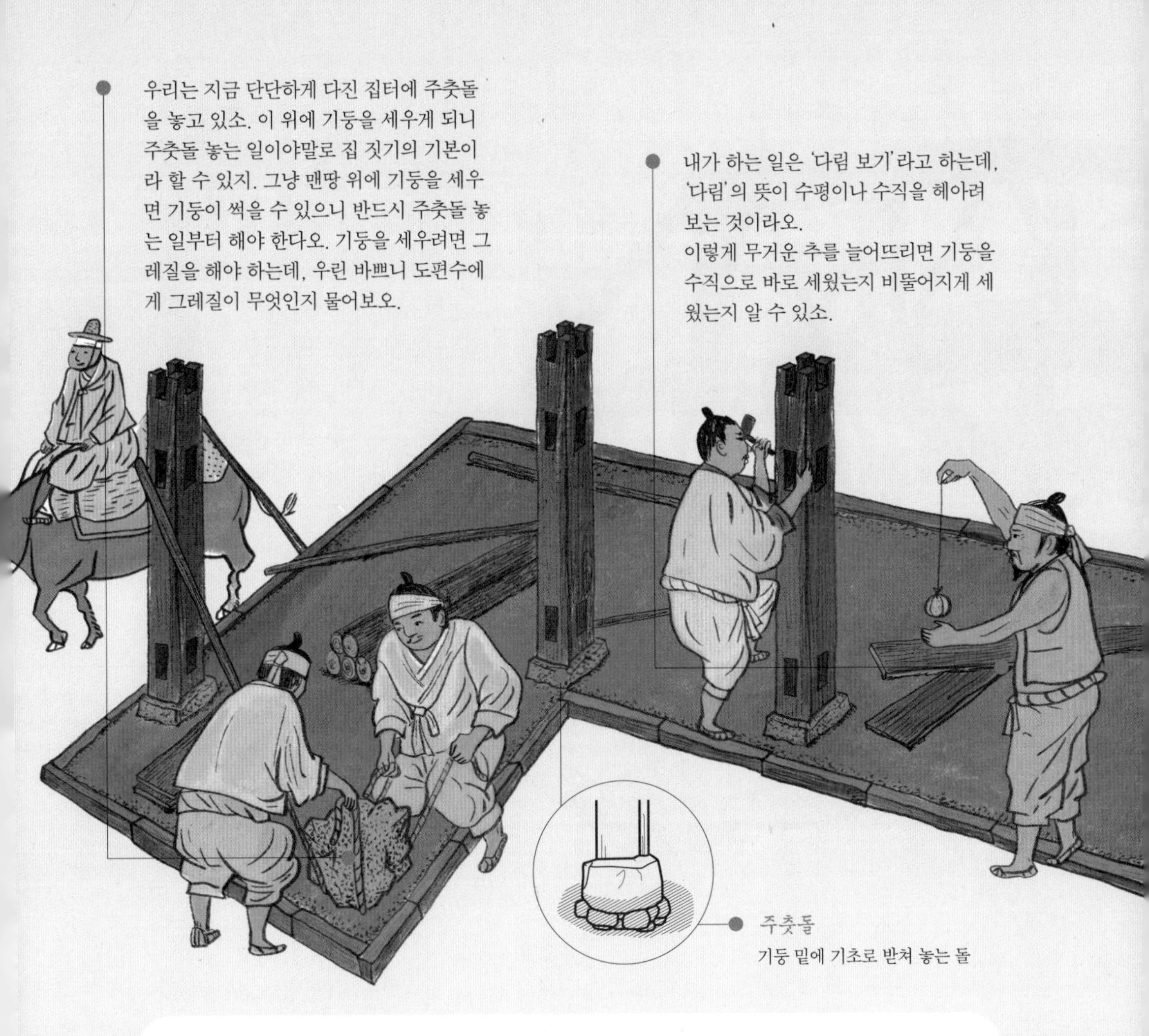

주춧돌
기둥 밑에 기초로 받쳐 놓는 돌

그레질

기둥이나 재목 따위가 놓일 자리의 바닥 높낮이를 금을 긋는 그레로 그리는 일을 말합니다. 옛날에는 주춧돌을 정으로 다듬다 보니 울퉁불퉁할 수밖에 없었는데, 그레질을 해서 주춧돌 표면에 들어맞게 기둥을 깎으면 주춧돌 위에 빈틈없이 기둥을 세울 수 있어 몇 백 년이 지나도 무너지지 않았답니다. 그레질은 '그렝이질'이라고도 합니다.

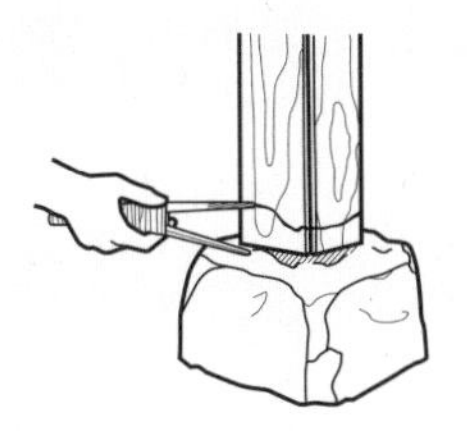

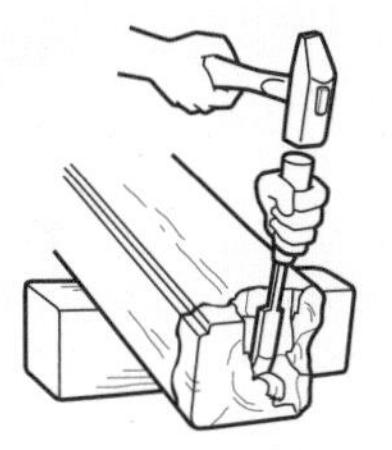

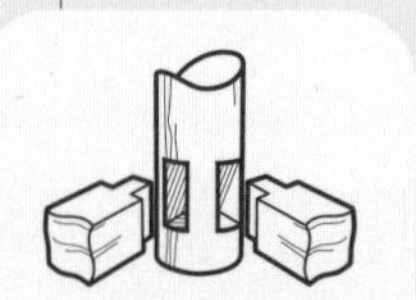

'ㄱ' 자 모양으로 끼워 맞춤

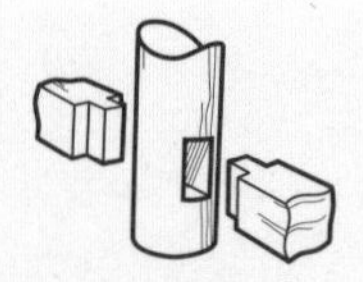

수평으로 끼워 맞춤

자, 이제 뼈대를 다 맞췄습니다. 뼈대를 맞추는 일이 끝나면 지붕을 올리기 전에 상량 고사를 지냅니다. 그러고 나서 지붕을 올리고 기와까지 올리면 큰일은 끝나게 됩니다. 집의 구조가 완성되면 흙으로 벽을 치는 이토질을 해야 하고, 온돌과 마루를 깔고 문과 창을 달아야 합니다.

상량고사(上樑告祀)

상량 고사는 상량식(上梁式)이라고도 하는데, 기둥 위에 보를 얹고 지붕틀을 꾸민 다음 마룻대(상량)를 놓을 때 올리는 고사를 말합니다. 한옥은 마룻대를 올리면 외형이 마무리되어 벽을 치고 마루를 놓는 따위의 내부 공사를 시작하게 되므로, 상량고사에는 그 때까지의 노고를 자축하고 새로운 과정을 시작하는 다짐의 뜻이 있습니다. 제물은 집주인의 형편에 따라 천차만별이었다고 합니다.

집이 다 지어지면 집들이 고사를 지내는데, 집들이 고사는 입주식(入住式)이라고도 합니다. 조선 숙종 때의 실학자 홍만선은 『산림경제(山林經濟)』에서 '집을 다 지으면 향과 술, 깨끗한 물 한 그릇, 버드나무 가지나 푸성귀를 마련해 집을 지켜 주며 집안의 운수를 좌우하는 신들께 제례를 올리며, 상서로운 기운이 집안에 깃들고, 악이 깃들지 못하게 하며, 물이나 불이 침범하지 않고, 잡귀를 물리치며, 모든 일이 술술 풀리도록 도와 달라는 주문을 세 번 외고 두 번 절한다.'고 집들이 고사에 대해 설명합니다. 요즘은 이웃 사람들에게 떡을 돌리거나 친척들을 불러 함께 식사를 하는 것으로 바뀌었습니다.

일곱

부자가 된 흥부를 찾아가는 놀부

한참 좋아라고 놀 적에, 이때에 놀부가, '아, 이놈이 부자가 되었어? 아, 이놈이 어떻게 해서 부자가 되었을까? 내 배가 아파서 못살겄는데. 어라, 내 건너가 봐야제. 만약 건너가서 이놈이 참말로 부자가 되었으면, 내 몽둥이로 싹 부수어 버리고 오리라.'

이 심술궂은 놀부가 몽둥이를 둘러메고 흥부 집을 건너가 보니, 전에 있던 움막은 간 곳이 없고, 고래 등 같은 기와집으로 즐비하게 쭉 지어 놨는데, 놀부가 깜짝 놀래 가지고, '아, 이놈이 어떻게 부자가 되었을까? 이놈이 부자가 되었더라도 이렇게 될 리는 만무할 것인데, 옳제, 제가 부자가 안 되었고, 서울서 병조판서 대감 하나가 이 시골로 내려오셨제. 내 기왕 왔으니 한번 불러 봐야제.'

"너 이놈, 홍부야!"

이렇듯 부르니, 이때에 홍부는 형제간에 우애가 있는 사람이라, 자기 형님 목소리를 듣고 버선발로 우루루루루 나와 절하며,

"아이고, 형님, 건너오셨습니까? 그렇지 않아도 형님한테 진작 큰 말을 한 필 보내려 하였더니, 형님께서 이리 직접 걸어오시게 하였으니 대단히 죄송스럽습니다, 형님. 용서해 주시지요."

"뭣이 어쪄? 이놈! 용서고 뭣이고 간에 네가 나한테 말을 보낼 놈이여? 이것 대관절 다 뉘 집이냐?"

"형님, 제 집이올시다."

"허허. 삼강오륜에 어긋나는 일이로구나. 아니, 참말로 이것 네 집이여? 거 참, 집 잘 지었구나. 야, 홍부야. 너하고 나하고 형제간이니, 네가 잘사나, 내가 잘사나 마찬가지여. 그러니까 네 집하고 내 집하고 그냥 딱 바꿔 버리자."

"형님 처분대로 하십시오. 어서 안으로 들어가시지요."

자기 형님을 사랑에다 모셔다 놓고, 홍부가 안으로 들어가서,

"여보시오, 마누라. 아, 건넛마을 형님이 건너오셨으니 인사 여쭈어야지!"

이때에 홍부 마누라는 전에 하던 일을 생각을 하면, 한자리에 앉아 대면할 마음이 없으나, 가장의 명령에 복종할 줄 알아, 놀부 보란 듯이 의복을 맘껏 차려입고 나오는데, 홍부 마누라가 나온다, 홍부 마누라가 나오는데, 며칠 전만 해도 못 먹고 못 입고 굶주리던 일을 생각하니, 지금이야 돈이 없나, 쌀이 없나, 은금보화가 없나, 녹용 인삼이 없나. 며느리들을 호화스럽게 사치를 많이 시키고, 홍부 마누라도 한산 세모시에다가 푸른색 물감으로 파르스름

하게 물들이고, 주름은 잘게 잡고, 치마 마루폭은 넓게 달아, 왼쪽으로 걷어 안고서 나오는데, 며느리들을 좌우에다 거느리고, 시내 강변의 자라 걸음으로 아장거리고서 나오더니,

"아주버님, 봅시다."

큰절로 하니, 놀부가 선뜻 일어나서 같이 절을 하는 게 아니라, 발을 더 높이어 당당하게 개고 앉으며,

"허허 참! 거 몇 년 전에 보고 지금 보니, 미꾸라지가 용 되었네, 거."

이때에 흥부 마누라는 들은 척도 아니하고, 안으로 들어가서 놀부 술상을 차리는데, 꼭 이렇게 차리것다.

음식을 차리는데, 안성 특산 놋그릇에 통영 특산 옻칠 소반, 질 좋은 은수저와 구리 석쇠를 벼슬아치 나란히 정렬하듯 주루루루 벌여 놓고, 꽃 그렸다 대나무 소반, 대나무 조각 새긴 중국산 그릇에 얼기설기 송편이며, 네 귀 번듯 절편, 주루루 엮어 팥떡과 사과, 벌꿀 올려놓고, 계란 씌운 산적 곁들여, 소의 양회, 간, 처녑, 콩팥 양푼에나가 벌여 놓고, 꿀 경단, 오미자 경단, 잣 묻힌 유과며, 인삼채, 도라지채, 낙지 연포탕, 콩나물에, 미나리채 올려 두고, 갖은 양념 볶아 놓고, 청동화로 참숯에 부채질 활활 하여 고추같이 불을 피워 전골을 들인다. 소금 뿌린 소고기를 잘 드는 둥근 칼로 조각조각 오려 내어, 깨소금, 참기름 쳐 부드득 주물러 재워 내어, 대양푼, 소양푼에다 이것저것 담아내고, 끌끌 푸드득 꿩 다리, 오도독 포도독 메추리탕, 꼬끼오 영계찜, 생선전, 육전, 지짐이며, 계란탕, 치자, 고추, 생강, 마늘, 문어, 전복을 봉황 모양으로 오려 나는 듯이 괴어 놓고, 산채, 고사리, 미나리, 녹두채, 맛난 장국 주루루루루 들이붓고, 계란을 툭툭 깨어, 껍데기 떼서 버리고 길게 얹어 부

어라. 손 뜨거운데 쇠젓가락 버리고 나무젓가락을 드려라. 고기 한 점 덥벅 집어서 맛난 기름의 간장국에다 풍덩 적셔서, 덥벅 피이.

이렇게 차려 자기 아주버니 앞에 갖다 놓으며, 좋은 국화주를 꽃무늬 술잔에다가 얼른 부어 두 손으로 올리며,

"옛소, 아주버님, 약소하나 술 한 잔 잡수시오."

아, 이랬으면, 선뜻 받아먹었으면 아무 잘못이 없을 터인데, 발을 더 높게 당당하게 개고 앉으며,

"너 이놈, 흥부야! 네가 형제간 소문 대강 알지만은, 내가 정말 친한 친구 초상 마당에 가서도 권주가 없이 술 못 먹는 거 너 잘 알제?"

"아이고, 형님, 누가 권주가를 한단 말이오?"

"아, 이 녀석아, 너의 마누라 곱게 입은 차에 권주가 한 마디 시켜라."

흥부 마누라가 이 말을 듣더니, 전에 하던 일은 울음 밑에 집어넣었거니와, 제수더러 권주가 하란 말을 듣더니, 두 눈이 캄캄하고, 사지가 벌벌 떨리며, 들었던 술잔을 방바닥에다 후닥딱 부딪치고 뒤로 주춤 물러서서, 자기 아주버니를 물끄러미 보더니마는,

"나는, 나는 못 하겠소. 여보시오, 아주버님! 제수더러 권주가를 하란 법을 이 세상 생겨나고 천지 어디서 보았소? 돈 많다고 권세를 그만 좀 부리시오. 나도 이제 돈도 있고, 쌀도 있소. 동지섣달 추운 날에 자식들을 앞세우고 구박당하여 쫓겨나던 일을, 나는 죽어도 못 잊겠소. 보기 싫소, 어서 가시오! 자기 마음대로 횡포를

∞ **권주가**(勸酒歌) — 술을 권하는 노래.

부리려면 뭣 하러 내 집에 찾아왔소? 안 갈라면 내가 먼저 들어갈라네."

하고는 떨쳐 버리고 안으로 들어간다.

떨떨거리고 탁 차고 들어가니, 놀부가 왈칵 부아가 나서 발길로 술상을 팍 차며,

"네 이놈, 흥부야! 너 이 죽일 놈 같으니! 꾀 많다고 으스대느라고, 내가 오면 너의 마누라더러 이렇게 나한테 포악하라고 시켰지, 이놈아? 너 이놈, 몽둥이로 저놈 허리를 확 내가 분질러 놓을라! 너 이놈, 저 계집 썩 버려! 내가 좋은 데로, 새장가 들여 주마. 아니지, 아니야. 그게 모두 한두 번 보기제. 그건 그래 두고. 애, 흥부야! 내가 너 여기 온 속을 아냐?"

"아이고, 형님! 제가 어떻게 안단 말이오?"

"야, 이놈아! 너 밤이슬 모르냐?"

"아이, 밤이슬이 뭡니까?"

"아, 이놈아, 도둑질 말이다!"

"아이고, 형님! 제가 무슨 도둑질을 했단 말이오?"

"야, 이놈아! 네가 도둑질해서 부자가 되었다고, 관군 병사들이 벌떼같이 늘어서서, 우리 집에 너를 잡으려고 찾아왔더라. 너하고 나하고 형제간이니, 내가 너 잡아가는 꼴 보겠더냐? 그 사람들 적당히 구슬려 보내느라고 돈 수백 냥 들었다. 그러

니 그 돈 네가 물어 주어야 하고, 그놈들이 너를 잡으러 또 올 것이여. 네가 도둑질해서 부자 되었다고. 그러니까, 두말할 것도 없어. 너의 처자 권속하고 자식들 쏵 데리고 저 의주 압록강을 건너, 청나라 상해를 들어가서 삼 년만 있다 오너라. 내가 네 살림에다가 손을 대면, 내가 네 아들놈이다, 이 녀석아!"

흥부 깜짝 놀라며,

"아이고, 형님! 그게 무슨 말씀이시오?"

"야, 이놈아! 그러면 어떻게 해서 부자가 되었어?"

"형님, 들어 보시지요. 하루는 대사가 하나 왔습디다."

"대사가 뭣이냐?"

"아, 중 말이오."

"오, 절에 있는 중 말이구나. 그래서?"

"대사가 내려와서 나더러 집터 하나를 잡아 주길래 거기다가 집을 짓고 사니까, 제비 한 쌍이 들어왔지요."

"그래, 제비가 들어왔어? 그래서 어쨌단 말이냐?"

"어떻게 새끼 한 쌍을 깠는데, 날기 공부를 하다가, 한 마리는 떨어져서 다리가 작신 부러져 버리고, 한 마리는 떨어져 죽어 버립디다. 다리 부러진 놈을, 하도 불쌍해서, 제가 질 좋은 명주실 얻고, 명태 껍질 얻어 다리를 창창 동여서 제 집 위에 올려놓으니, 그 제비가 죽지 않고 무사히 살아서, 그 이듬해 나오면서 박씨 하나를 물고 왔지요."

"그래서?"

"아, 그놈을 심었더니, 박이 크게 세 덩이가 열렸지요."

"거, 참 희한한 일이구나, 박이 세 덩이가 열렸어? 그렇제. 박씨를 심으면 박 열제. 그래 박 세 덩이가 열려서 어쨌단 말이냐?"
"배가 하도 고파서 박속일랑 끓여 먹을까 하고 박 한 통을 탔더니……."
"뭣 나오더냐? 아, 물론 박속 나올 테지."
"그게 아니라, 궤 두 짝이 쑥 불거져 나옵디다."
"뭐? 궤 두 짝이 쑥 불거져? 그래서?"
"거 열고 보니 그냥 쌀도 꽉 찼고, 또 한 궤를 열고 보니 은금보화 돈이 꽉 찼습디다."
"아이, 그 박통 속에서 나온 궤 두 짝에서 그렇게 많이 나와? 그래서?"
"아, 이놈을 그냥, 떨고 붓고 나면 도로 하나 가득, 떨고 붓고 나면 도로 하나 가득, 이리 갖다 붓고 보면 도로 하나 가득하고, 저리 갖다 붓고 보면 도로 하나 가득하고, 부어 내고 덜어 내고, 부어 내고 덜어 내고, 어떻게 부어 놨던지. 아, 그렇게 해서 부자가 됐어요. 세상에서 손꼽히는 부자가 되었지요. 그래서 또 한 덩이를 타고 나니까, 온갖 비단이 나왔는데, 비단이 몽땅 나와서 비단으로 몸을 칭칭 감고, 또 한 덩이를 타니까, 그 속에서 큰 집만 짓는 목수들이 나와 이렇게 집을 지어서 부자가 되었지, 제가 무슨 도둑질 할 리가 있겠소?"
"야, 흥부야. 너 제비 다리 하나 분질러서 부자가 될 때, 한 댓 개 분질렀으면 천하에서 제일가는 부자가 되겠구나. 어라, 나 건너가서 제비 다리 분질러야겠다."
"아이고, 형님! 지금이 어느 달인데 제비가 온단 말이오?"
"응, 삼월이나 되어야 제비가 오제. 어라, 그러면 내 것 축낼 것

없이, 네 것 축내야제. 그런데, 흥부야. 저 윗목에 저 벌그런 것, 저것 무엇이제?"

"그게 화초장올시다."

"꽃 화 자, 풀 초 자, 장롱 장 자. 그 이름 한번 좋구나. 그 속에 뭣 들었느냐?"

"은금보화 궤 두 짝이 그 속에 들었습니다."

"허허, 참, 희한한 일이로구나. 야, 흥부야! 내가 너를 조그마할 적에 얼마나 예뻐해 키웠냐? 그리고, 너하고 나하고 두 형제간 단둘밖에 더 있느냐? 내가 죽을 데가 있으면, 네가 가서 대신 죽고, 네가 죽을 데가 있으면, 그건 나는 모르겄다. 그러니까, 우리 형제간에 서로 우애를 끊어서 쓰겄느냐? 그놈 날 다오."

"아이고, 형님, 꼭 가져가실 양이면 내일 하인에게 지워 보내리다."

"뭣이 어쩌? 이 도적놈 보소! 이런 천하에 도적놈이 있는가! 나 건너가면, 그 속에 있는 은금보화 싹 빼 버리고 빈껍데기만 보낼라고? 이런 도적놈을 두고, 세상 사람들은 날더러 도직놈이라고 한단 말이여. 야, 이놈아! 나 볼 때 질빵 못 해? 얼른 질빵 해, 이놈아!"

"꼭 가져가실 양이면 질빵 하지요."

놀부는 잊어버리기 잘하는 놈이라, 화초장 노래를 부르면서 건너가는데,

"화초장, 화초장, 화초장. 얻었네, 얻었어. 화초장 한 벌을 얻었

∞ **화초장(花草欌)** — 문짝에 유리를 붙이고 화초 무늬를 그려 만든 장롱.

∞ **질빵** — 짐 따위를 질 수 있도록 어떤 물건에 연결한 줄.

다. 화초장, 화초장, 화초장, 화초장, 화초장 한 벌을 얻었다. 얻었네, 얻었어. 화초장 한 벌을 얻었다."

도랑 하나를 건너뛰다,

"아차, 잊었다! 아이고, 이것이 무엇이냐? 아이고, 이것이 무엇이냐? 갑갑하여서 내가 못살겠네. 아이고, 이것이 무엇이여? 거꾸로 붙이면서도 모르겠구나. 초장화. 아니다! 장화초. 아니다! 아이고, 이것이 무엇이냐? 방장, 천장, 구들장. 아니다! 아이고, 이것이 무엇이여? 매운 장, 된장, 송장, 아니다! 아이고, 이것이 무엇이여? 갑갑하여서 내가 못살겠네. 아이고, 이것이 무엇이여?"

저의 집으로 들어가며,

"여보게, 마누라! 집안 어른이 어디를 갔다가 집이라고 들어오면

우루루루 쫓아 나와 영접하는 게 도리 옳제, 가만 앉아만 있으니 이 웬일인가? 에라, 이 사람, 몹쓸 사람!"

놀부 마누라가 나온다.

"아이고, 여보 영감! 영감 오신 줄 내 몰랐소. 내 잘못되었소. 이리 오시오. 이리 오라면, 이리 와요."

"어따, 이 사람아! 거 쓸데없는 목소리 멋 내지 말고, 내 여기 짊어진 거, 이거 무엇인가?"

"아이고, 영감! 무거운데 이리 내려놓으시오."

"내 짊어진 거 이름이 무엇이여, 이것이?"

"아이고, 이거 무거운데 이리 내려놓으시오."

놀부가 어찌 급해 놨던지,

"뭣이 어쪄? 너 내 성질 알제? 너 내 주먹 맛 좀 볼 판이여?"

이때에 놀부가 주먹을 쥐어 갖고 대그빡이나, 등짝이나 빰이나 때린 것이 아니라, 양 주먹을 쥐어서 양 관자놀이를 눌러 죽이는데, 놀부 마누라가 그 통에 마음이 무척 상해 가지고, 주먹만 쥐면 그냥 정신을 못 차리고 벌벌 떨것다. 놀부가 양 주먹을 꽉 쥐고,

"어, 썩 말 못혀? 주먹 맛 좀 볼 판이여?"

"주먹 좀 저리 치워!"

"얼른 말을 혀, 이 이름이 뭐인가!"

"하이고, 우리 친정아버지가 서울에를 갔다 오면서 장롱 한 벌 사 온 것이 화초장이라고 합디다."

놀부가 어찌 반가웠던지,

"아이고, 내 딸이야!"

해 놓은 것이, 놀부 마누라 기가 콱 막혀 가지고,

"에, 여보시오! 마누라보고 딸이라는 사람이 어디 있단 말이오?"

"허허, 이 사람아. 급할 적에는 이러기도 하고, 저러기도 하제."

흥부가 제비 구했단 말을 딱 듣고는, 놀부가 지붕 끝에다가 제비 집을 뺑 돌려 지어 놓고는, 아무리 제비를 기다려도 오지 않것다.

놀부가 기가 막혀, '에라, 내가 제비를 몰러 나가야제.' 동네 일꾼들을 불러들여 가지고 하루는 제비를 몰러 나가는데, 이때 봄철이 된 지 석 달 지나고 사월 초파일 날, 제비와 나비는 펄펄. 복희씨 처음 만든 그물을 둥글게 둘러메고 지리산으로 나간다. 지리산 휘돌아 덤불을 툭 차, 후여! 떴다, 저 제비, 네 어디로 가느냐?

남쪽으로 날아가는 까마귀와 까치만 보아도 제비인가 의심하고, 봄날에 노란 꾀꼬리만 보아도 제비인가 의심하고.

"저기 가는 저 제비야! 그 집은 불날 징조 있는 집이로다. 그 집으로 들어가지 말고, 내 집으로 들어오너라. 기둥과 대들보에 불기운이 끼어 있다. 내 집으로 들어오너라. 이, 이, 이리!"

∞ **대그빡** — '머리'를 속되게 일컫는 말.

∞ **복희씨**(伏羲氏) — 그물을 만들어 고기잡이 방법을 가르쳤다는 중국의 전설상의 임금.

여덟

제비 다리 부러뜨려 박씨 얻은 놀부

하루는 재수 없는 제비 한 쌍이 놀부집 처마 끝에다 집 지을 준비하니, 놀부 보고 좋아라고,

"얼씨구, 내 제비 왔구나! 저 제비가 멋 있는 제비로구나, 좋은 집 다 버리고 내 집에 와서 집 짓는 것을 보니, 참 고맙다. 어서 새끼 많이 까거라."

저 제비 거동을 보아라. 날아올랐다 내려 앉았다 하더니마는 알을 낳기 시작하는데, 놀부란 놈이 제비 집 밑에다가 지푸라기들을 딱 달아 놓고 비비면서, 미국 장단에다가 청나라 어디 가락인지 청

나라 시조 가락으로 제비알 낳는 족족 점고를 하는데,

"아아, 제비알을 만져 보자. 이이이, 옳다! 하나 깠구나! 어흐 이이 옳다! 또 하나 깠구나!"

어찌나 만졌던지, 손톱독이 올라 싹 다 곯아 버리고, 딱 하나 남은 것이 새끼를 까서 날기 공부하느라고 파닥파닥하니, 놀부 보고,

"떨어지거라, 떨어지거라!"

도로 부르르르 기어 올라가니,

"에끼, 이놈을 내가 그냥 두었다가는 날아가 버릴지 모르니, 내가 꾀를 낼 수밖에 도리가 없다."

제비 새끼를 잡아 내어 무릎에다 대고 다리를 확 분질러 놓으니,

"짹짹짹!"

짹이고 뭣이고 마당에다 훅 집어 던지더니, 부르르르 쫓아가서 제비 새끼 주워 들고,

"아이고, 불쌍타, 내 제비야! 여보소, 마누라! 여 제비 다리가 부러졌네. 우리 제비 다리 이어 주세."

된장 떼다 붙이고, 헝겊으로 칭칭 동여서 제비 집에 넣어 주면서,

"부디 죽지 말고 살아 박씨 하나만 물어 오너라, 잉?"

저 제비 거동을 보아라. 놀부 원수 갚을 제비거늘 죽을 리가 있으리오. 수십 일이 지나더니 부러진 다리가 나아 날기 공부 힘을 쓰는데, 떴다, 저 제비 거동을 보아라. 공중으로 둥둥 떠 이리저리 날아 보고, 창공 위에 높이 떠서 배도 쓱 스쳐 보고, 빨랫줄에 가 날아 앉아 한들한들 놀아 보니, 놀부가 보고 좋아라고,

"얼씨구, 내 제비! 살았구나! 박씨 하나만 물어다 주면 성한 다리를 마저 분질러 주마."

저 제비 거동을 보아라. 무엇이라고 지지지지 하더니마는 만 리 강남을 훨훨 날아 들어간다.

망제의 넋을 품은 두견새는 새 나라 왕이 되어 온갖 새들을 점고하는데,

"일본 들어갔던 초록 제비!"

"나요!"

"중국 들어갔던 칼새!"

"나요!"

"미국 들어갔던 분홍 제비!"

"나요!"

"조선서 태어난 놀부 제비!"

놀부 제비가 들어온다. 놀부 제비가 들어와. 부러진 다리가 퉁퉁 부어서 절뚝거리고 들어오며,

"예!"

제비 장수 호령하되,

"너는 왜 다리가 저리 퉁퉁 부었느냐?"

"예, 소조가 아뢰리다. 조선국서 태어나 날기 공부 힘을 쓸 적에 괘씸한 놀부 주인 놈이 소조 다리를 분질러서 거의 죽게 되었더니, 하늘이 주신 행운으로 다리가 나아 이렇게 왔사오나, 어찌하면 그 놈의 원수를 갚으리까? 제발 깊이 헤아려 살피시오."

제비 장수 들으시고,

"어, 불측한 놀부 놈 심술은 강남까지도 유명한 놈이로구나. 내년 봄에 나갈 적에 원수를 갚을 박씨 하나만 물어다 주면, 네 원수는 다 갚을 것이다."

겨울 석 달 다 지내고 봄철이 되거늘 온갖 날짐승들이 모두 고국을 찾아 돌아오니, 놀부 제비도 환국을 하는데, 안쪽 남산 지나고 바깥 남산을 지나, 촉나라를 지나고 촉산 길 이천 리, 낙양성 오백 리, 소상강 칠백 리, 동정호 팔백 리, 금릉 육백 리라. 악양루 고소대와 오악 형산 구경하고, 구정 마탑 육십 리에 사마성이 삼십 리라. 월하성 돌아들어 고소성 바라보니 한산사 거룩하고, 아방궁 육십 리에 만리장성 돌아들어, 일만 오천 리 논 덮인 고개를 날아드

니. 천하 제비 좋아라고 각국으로 흩어질 제, 조선으로 오는 제비 포기포기 떼를 지어 서로 지저귀며 만날 기약을 한다. 금년 구월 보름날, 이곳에 와서 상봉하자 약속을 성한 뒤에, 하늘 가운데 높이 떠서 강릉을 구경하고, 적벽강을 돌아드니 소동파, 조맹덕은 지금 어디에 있는가? 청석령 오백 리를 순식간에 당도하니 옥화관이 여기로다. 심양강 팔백 리에 평안도 정주를 지나, 순안 순천 칠십 리를 바라보니 평양이 여기로구나. 대동강 연광정 높이 날아 집들이 즐비한 장안을 구경하니, 경치도 빼어나고, 문장가 효자 열녀 집집마다 있는지라. 송객정 구름 사이를 지나 화살같이 빨리 날아 개성 안을 들어가니, 태조 왕건의 자취는 만월대뿐이요. 무악재 양주군은 억만 세력을 능히 누렸고, 삼각산 제일봉에 올라앉아 서울을 가만가만 둘러보니 남산은 천년산, 한강은 만년수라. 문물이 빛

이 나고 풍속이 즐거우니 만년 누릴 도성이구나. 전라도는 운봉이요, 경상도는 함양인데, 운봉 함양 맞닿은 곳에 놀부가 사는지라. 원수 갚을 박씨를 입에다 가득 물고 번뜻 수루루 펄펄 전라 감영을 당도하여 완산 칠봉을 구경하고, 거기서 깃을 치며 날아서 남원 광한루를 구경하고, 운봉 고개를 얼른 넘어 놀부 집을 당도하니, 놀부가 보고서 좋아라.

"얼씨구나, 내 제비 왔구나. 얼씨구나, 내 제비. 너를 내가 보내 놓고 일 초를 삼 년같이 기다렸더니, 이제 나를 찾아오니 진정으로 반갑다."

저 제비 거동을 보아라. 원수 갚을 박씨를 입에다가 물고 이리저리 넘놀다, 놀부 부부 앉은 앞에다가 박씨를 뚝 던져 놓고 흰 구름 사이로 날아간다.

아홉

놀부가 기가 막혀

놀부가 박씨를 딱 주워 들고,

"여보소, 마누라. 제비가 박씨를 물어 왔네여."

놀부 마누라는 놀부보다 조금 유식하던가, 박씨를 이리저리 보더니,

"여보, 영감! 박씨는 틀림없는 박씨오마는 박씨에 글이 쓰였소. 원수 수(讎) 자, 바람 풍(風) 자 괴이하니 심지 말고 내버립시다."

놀부가 가만히 생각을 하더니마는,

"자네가 속을 모르는 말이여. 강남에 문장가들이 글을 뒤집어 하느니. 비단 수(繡) 자 쓴다는 것이 붓대가 잘못 돌아가서 원수 수(讎) 자 되고, 풍년 풍(豐) 자 쓴다는 것이 잘못되어 바람 풍(風) 자 되었

으니, 걱정 말고 심세."

동쪽 처마 담장 밑에다 구덩이를 깊이 파고, 짚을 깔아 거름 넣고 다독다독 단단히 잘 심었것다. 박 순이 솟아 오는데, 북채만, 홍두깨만, 기둥만, 박 잎사귀만, 삿갓만 해 가지고, 이놈의 넝쿨이 온 동리로 막 뻗어 나가는데, 박 넝쿨이 턱 걸친 집은 찌그러지고 상하고, 그때 돈으로도 집값 무느라고 수백 냥 물었던가 보더라. 하루는 이웃집 노인 한 분이 썩 오더니마는,

"네 이놈, 놀부야! 밤이면 지붕 위에 박통 속에서 똥땅지당 지당 동찡찡 동지동 지동 딱 요망스럽게 하니 당최 잠을 못 자겄어. 네 이놈, 박 안 따 낼래?"

놀부가 곰곰이 생각해 보더니 은금보화가 변화해서 그런 줄 알고,

"샌님, 오늘 박 따 낼라요."

"썩 따 내라, 이놈!"

그날부터 놀부가 일꾼들을 얻어 들이는데, 어쩐 일인지 이렇게 꼭 모자란 인간들만 얻어 들이것다.

앞뒤 모두 곱사등이, 팔뚝 없는 곰배팔이, 절뚝절뚝 절름발이, 눈 뜬 장님, 입술 찢어진 쌍언청이, 다리가 안 펴지는 뻗정다리, 팔 휘젓는 훼젓이.

모두 이런 사람들만 얻어 들였는데, 어째서 그러냐고 놀부보고 물어보니, 박을 툭 따서 은금보화가 와 쏟아지면 성한 사람들은 모두 주워 가지고 달아난다고, 그래서 그런 사람들만 얻어 들였것다.

"여보소, 일꾼들. 삼시 세 끼 다 주고 닷 냥 줌세. 어서 가 박 따 오소."

박을 따다 놓고 톱을 걸고 한번 타 보는데,

"시르렁 실건 톱질이로구나. 헤이여루 당기어라 톱질이야. 흥부란 놈 박통에서는 쌀과 돈이 나왔으되 내 박은 은금보화만 나오너라. 헤이여루 당기어라 톱질이야. 여봐라, 청보야!"

"왜야?"

"힘을 써서 어서 톱소리 맞아라."

"헤이여루 흡질이야."

"네 이놈아, 흡질이라 하지 말고 톱질이라 허여. 여보소, 이 사람들 내 말 듣소. 은금보화가 나오거들랑 숨김없이 줏어 주소. 시르렁 실건 당기어라 톱질이야."

실건 실건 실건 실건 실건 실건 실건 실건 슥삭 슥삭, 박이 반쯤 벌어지니 박통 속에서 "맹자견양혜왕 하신대, 왕왈 수불원천리이래 하시니."

이것이 박통 속이 아니라 서당 속일세. 박이 쩍 벌어져 놓으니 박통 속에서 노인 한 분이 나오는데, 바가지 이마, 송곳 턱, 주먹상투, 납작코, 똥오줌을 펄펄 싸 구린내가 진동하며,

"네 이놈, 놀부 놈아! 네 할애비는 정월쇠, 네 할미는 이월댁이, 네 아비는 마당쇠, 네 어미는 사월댁이, 대대로 각각 종이러니 병자년에 도망하여 간 곳을 몰랐더니 강남서 들은즉 여기 와서 산다기에 너를 만나러 내 왔으니, 네 계집, 자식들, 이 상전에게 인사 못 드리겠느냐? 이 때려죽일 놈, 이놈아! 그리고 오늘부터 상전이

∞ **맹자견양혜왕(孟子見梁惠王) 하신대, 왕왈(王曰) 수불원천리이래(叟不遠千里而來) 하시니** —『맹자(孟子)』「양혜왕(梁惠王)」편에 나오는 말로, '맹자가 양혜왕을 뵈니 왕이 말하기를, 선생께서 천 리 길을 멀다 않고 찾아 주시니.'라는 뜻이다.

라고 안 모셨다가는 네 다리 정강이뼈를 작신 꺾어 놓을 것이다, 이놈!"

놀부가 기가 막혀, 곰곰이 생각을 하니 선대의 증거가 없으니 상전 아니라고 할 수도 없고, 어쩔 수 없이 상전님 전에 비는데,

"비나이다, 비나이다, 상전님 전 비나이다. 선대의 증거가 없으니 낸들 알 수 있으리까? 돈으로 대신 바칠 테니 종의 신분 아주 풀어 주오."

"네 이놈, 그러면 얼마나 바칠래?"

"오백 냥 드리지요."

"이놈, 오백 냥 갖고 네 같은 종놈 사겠느냐? 만 냥만 들여라."

"아이고, 그러면 천 냥 드리지요."

"에라, 너 같은 종놈을 데리고 많고 적고를 따지겠느냐?"

헌 주머니 하나를 내주며,

"아나, 쌀이든 돈이든 무엇으로 채우든지 이 주머니만 채워 오너라. 많이 준대도 늙어 말년에 가지고 가기도 귀찮다."

놀부가 주머니를 받아들고 본즉, 쌀이 되면 불과 서너 되쯤 들게 생겼고, 돈이 되면 불과 사오십 냥쯤 들게 생겼제.

놀부가 보더니 좋아라고 주머니를 추켜들고 돈궤 앞에 가 앉아서 닷 냥을 넣어도 휑, 백 냥을 넣어도 간 곳이 없고, 오백 냥을 넣어도 간 곳이 없구나.

아이고, 이 주머니가 새는구나! 쌀뒤주로 쫓아가서 닷 말을 집어넣어도 뻥, 백 석을 넣어도 간 곳이 없고 오백 석을 넣어도 간 곳이 없으니, 헛간으로 쫓아가서 살림살이 집안 재산 갖가지 물건들을 집어넣는 대로 간 곳이 없으니 놀부가 기가 막혀, 주머니를 추켜들

고 벌벌벌 떨면서 말을 한다.

"아이고, 샌님! 이 주머니가 뭔 주머니요?"

"오, 그것은 물건만 넣으면 하늘로 올라간다는 능천낭이라고 하는 주머니이니라."

"아이고, 이 주머니가 사람 많이 상하게 생겼소."

"아니야. 그 주머니가 잘된 사람은 더 잘되게 만들고 못된 놈은 더 못살게 만드는 주머니이니라. 어라, 어라, 너무 많이 가져왔는가 보다. 또 올 것인데, 뭐."

"아이고, 샌님! 언제 또 오실라요?"

"오냐, 나 갔다가 종종 심심하면 이렇게 한 번씩 찾아올 테니, 올 때마다 이렇게 좀 채워 주어라, 잉?"

주머니를 들고 두어 걸음 나가더니 갑자기 흔적도 없이 사라졌제. 일꾼들이 어이없어 우두커니 섰으니,

"여보소, 일꾼들. 아까 그 노인이 상전이 아니라, 은금보화가 변화해서 나의 의지를 떠보느라고 그런 것이오. 둘째 통에는

틀림없이 은금보화가 들었으니 염려 말고 박 따 오소."

일꾼들이 달려들어 또 한 통을 따다 놓고 타는데,

"시르렁 실건 톱질이야. 헤이여루 당겨 주소. 은금보화가 변화되면 그런 법도 있다더라. 시르렁 실건 당겨 주소."

"여보소, 일꾼네들. 내 말을 듣소. 세 끼에다 닷 냥 줌세. 은금보화가 나오거든 숨김없이 주워 주소. 여봐라, 청보야!"

"왜야?"

"힘을 써서 어서 톱소리 맞아라."

"에이여루 흡질이야."

"워따, 이놈아! 네가 흡소리라 하여 놓으니 요상한 것들 모두 불러들이나 보다."

"시르렁 실건 시르렁 실건 시르렁 실건 당겨 주소."

실건 실건 실건 실건 실건 실건 실건 실건 슥삭 슥삭 시르렁 슥삭, 박이 반쯤 벌어지니 박통 속에서 땡그랑 땡그랑 땡그랑 땡그랑.

놀부가 듣더니마는,

"옳다, 인제 금반상기 은반상기가 막 잇달아 나온다."

박이 쩍 벌어져 놓으니, 박통 속에서 빛깔 좋은 상여 한 틀이 썩 나오는데,

"땡그랑 땡그랑 땡그랑 땡그랑 어넘차 너화너. 만 리 강남 먼먼 길에 놀부 집 오기가 멀고도 멀구나. 어넘차 너화너. 놀부 놈 집구석이 어디메뇨? 그놈의 집터가 명당이라 하니 어서 집을 뜯고 묘

∞ 반상기(飯床器) — 격식을 갖추어 밥상 하나를 차리게 만든 한 벌의 그릇.

를 쓰세. 어허넘차 너화너."

놀부 기가 막혀,

"대체 이거 웬 상여요?"

"오, 네가 놀부냐? 먼저 박통 속에서 나오셨던 생원님이 돌아가셔서 이 박통으로 옮겼는데, 네 집터가 명당이라고 유언을 하고 돌아가셨으니, 얼른 집 뜯어라."

놀부가 집터 명당이란 말을 듣더니, 죽어도 집은 안 뜯기로 들것다.

"아이고, 여보시오! 집은 내가 죽어도 못 뜯겠으니, 대신 돈으로 받아 가시고, 이 상여는 제발 다른 데로 옮겨 주옵소서."

"네 이놈, 그럼 얼마나 바칠래?"

"한 오백 냥 드리지요."

"어라, 이놈, 오백 냥 가지고 네 집 같은 이런 명당 사겠느냐? 만냥만 들여라."

"아이고, 그럼 천 냥만 드리지요."

"그래라."

돈을 받아 들더니 갑자기 사라져 간 곳이 없제. 일꾼들이 어이없어 모두 박을 타지 않고 싹 가기로 드니,

"여보소, 이 사람들아! 둘째 통까지는 나의 기세 떠보자고 그런 것이고, 셋째 통에는 틀림없이 은금보화가 들었으니, 염려 말고 박 타세. 어서 가 박 따 오소."

박을 또 따다 놓고 타는데,

"시르렁 실건 톱질이야. 헤이여루 당겨 주소. 여보소, 일꾼네들. 염려 말고 박을 타소. 망하여도 내 망하고, 흥하여도 내가 흥할 것

이니, 걱정을 말고 박을 타세. 시르렁 실건 시르렁 실건 시르렁 실건 당겨 주소."

"청보야!"

"왜야!"

"어서 힘을 써서 톱질 타령 맞아라."

"오냐, 맞는다."

"홉질이야."

"에끼, 이놈아! 홉질이야 하지 말고, 톱질이야 허여."

실건 실건 실건 실건 실건 실건 실건 실건 슥삭 슥삭 시르렁 슥삭.

박이 딱 쪼개져 놓으니, 박통 속에서 남사당패, 여사당패, 거지, 각설이, 초라니패, 이런 것이 모두 나와서 놀부 집 마당에 가 죽 늘어서더니마는, 놀부를 보고,

"소인 문안이오. 소인 문안이오. 소인 문안이오."

놀부가 어찌 바빴던지,

"마오, 마오, 마오, 마오. 대체 너희가 무엇들이냐?"

"예, 우리가 저 강남서 놀부 샌님 박탄다는 소문을 듣고 위로하려고 남사당, 여사당, 거사, 초라니패, 각설이패 이런 것들이 모두 나왔습니다."

"거, 나오던 중 그중 낫다마는, 그럼 어디 한번 놀아 봐라."

"아니오. 여기서 우리가 한 번 놀아 주는 대가가 천 냥이올시다."

"뭣이? 천 냥이여? 윗따, 이놈들아, 너무 비싸다."

마당쇠가 듣더니마는,

"아따, 샌님도 기왕 없어질 살림 무엇이 아까와서 그래 쌓소? 천 냥 주고 한번 재미있게 놉시다."

시르렁 실건

톱질이야

헤이여루 당겨 주소

여보소 일꾼네들 염려 말고 박을 타소

망하여도 내 망하고

흥하여도 내가 흥할 것이니

걱정을 말고 박을 타세

시르렁 실건

시르렁 실건

시르렁 실건 당겨 주소

"그래, 그럼 어디 한번 노는 구경이나 해 보자. 한번 놀아 봐라."

이놈들이 각기 멋대로 악기 연주를 하는데 부르래 뚱땅 부르래 뚱땅 부르래 뚱땅 한참 놀더니 남사당패하고 여사당패하고 짝을 지어 갖고 노는데, 여사당들이 앞에 곱게 꾸며 갖고 나와서 예쁘게 한 마디 메기면, 또 남사당들이 뒤에 섰다가 앞으로 달려들면서 왔다 갔다 뒷소리 메기고 어울려 놀던 것이었다.

"나는 가네, 나는 간다. 저 임을 따라서 내가 돌아가는구나. 헤 마라 마라 마라, 그리를 말아라. 사람의 무시를 네가 그리 말아라. 헤 마라 마라 마라, 그리를 말아라. 사람의 무시를 네가 그리 말아

라. 금바위 맨 꼭대기에 상수리나무 나뭇잎은 제멋에 지쳐서 다 떨어지는구나. 헤 마라 마라 마라, 그리를 말아라. 사람의 무시를 네가 그리 말아라."

이렇게 놀고 나니, 이제 각설이들이 썩 나서더니마는 각설이 타령을 하는데, 전라도 음조로 하것다.

"허, 절씨구나 들어간다. 각설이 춘추가 들어간다. 윗따, 여봐라 순덕아. 이내 말을 들어 봐라. 느그 부모가 너를 낳아, 우리 부모가 나를 낳아, 고이나 곱게 잘 길러서 초가삼간에다 집을 짓고 독서당에다 앉혔네. 진주 기생 논개는 왜놈 장수의 목을 안고 진주나 남강에 떨어져서 후대에 오래 빛났네. 어허, 품바가 잘한다."

이렇게 하고 나니 또 한 놈이 썩 나서더니마는, 이놈은 경상도 음조로 메기던가 보더라.

"허, 절씨구나 들어간다. 절씨구나 들어간다. 얼씨구나 들어간다. 절씨구나 나오신다. 온갖 춘절이 들어간다. 오동장롱 단층장롱 둘이나 보려고 두었더니, 혼자 보니 웬일이냐. 어허, 품바가 잘한다."

한참 이러고 나니 초라니패가 썩 불거져 나오더니마는,

"개골개골 청개골아, 개골애기 집을 찾으려거든 아랫도리를 따

∞ **메기다** — 두 편이 노래를 주고받고 할 때 한 편이 먼저 부르다.

∞ **각설이 춘추** — 『춘추(春秋)』는 공자가 쓴 역사책 중의 하나인데, '각설이 춘추'는 각설이 타령의 사설을 우습게 높여 이르는 말이다.

∞ **독서당**(讀書堂) — 조선 시대 문관 가운데서 뛰어난 사람을 뽑아 학업을 닦는 데에만 힘을 쏟도록 하던 곳.

∞ **춘절**(春節) — '봄철'을 뜻하는데, 앞에 나온 사설의 '춘추'에 운을 맞춰 '춘절'이라 표현한 것이다.

달딸 걷고서 미나리꽝으로 들어라. 어허이야 어허야 어허어 어이야, 이놈 저놈, 저놈 이놈, 거사 상투가 제일이오."

한참 이러고 나니 놀부 기가 막혀,

"아이고, 이놈들아, 귀찮다. 이제 그만하고 가거라."

"귀찮단 말이 웬 말이오? 귀 자 근본을 들어 보오. 한 발 달린 돌쩌귀, 두 발 달린 까마귀, 세 발 달린 퉁노귀, 네 발 달린 당나귀, 귀 자 머리는 놀부 심사 저승 가서는 무엇이 될란고? 또드랑땅땅 똥딱궁. 노세 노세 노세, 나가 노세. 돈이나 쪼깨 쪼깨 달랑께 안 주고, 얼른 놀아 준 대가 주시오."

"마당쇠야, 어라 귀찮다. 어서 돈 줘서 보내라. 내 정신이 하나도 없다."

돈을 받더니 또 갑자기 사라져 간 곳이 없제.

놀부 기가 막혀 우두커니 보고 있을 적에, 놀부 마누라 기가 막혀, 우루루루루 달려들어, 박통 위에 가서 걸쳐 엎드리더니,

"타지 마오, 타지 말어. 타지를 마오. 은금보화가 나오기를 바라다, 집안 형편 다 망해 가네. 나를 이 박과 같이 탔으면 탔지, 살려 두고는 못 타리다. 타지 마시오."

놀부란 놈 화가 목구멍까지 찼제.

"에이, 빌어먹을 놈의 박통 같으니라고!"

∞ **돌쩌귀** — 문짝을 문설주에 달아 여닫는 데 쓰는 쇠붙이로, 암짝은 문설주에, 수짝은 문짝에 박아 맞춰 꽂는다.

∞ **퉁노귀** — 질 나쁜 놋쇠로 만든 솥인 '퉁노구'를 가리키는 말이다.

∞ **귀 자 머리는 놀부 심사** — 벌레 같은 놀부의 마음을 비꼬아 이르는 말로, 귀할 귀(貴) 자의 윗부분이 벌레 충(虫) 자이므로 놀부의 마음이 벌레와 같다는 뜻이다.

박통을 집어서 울 너머에다 훅 집어 던져 놓으니, 박통 속에서 은금보화가 와 쏟아져서 동네 사람들이 싹 다 줏어가 버리제. 놀부란 놈, 박을 들지도 놓지도 못할 즈음에, 마저 남은 박통 하나가 제 손수 뚜굴뚜굴 뚜굴뚜굴 굴러서 놀부 앞에 와 쩍 벌어지더니, 한 장수 나온다, 한 장수 나온다. 저 장수 거동 봐라. 먹처럼 검은 얼굴, 부리부리 불거진 눈에 더부룩한 수염에 흑총마 올라타고, 긴 장창을 들고 놀부 앞에 가 우뚝 서서,

"네 이놈, 놀부야! 강남서 들은즉, 네놈 심술이 고약하여 어진 동생을 괴롭혀 쫓아내고, 제비라 하는 짐승은 온갖 곡식에 해가 없는데, 성한 다리를 분질러 공 받고자 한 일이니, 그 죄로 죽어 보아라."

놀부 정신이 아득하여 혼비백산 되어 죽은 듯이 공손히 엎어졌을 제, 그때 흥부가 바람결에 소문을 듣고 쫓아와서 장군님 전에 비는데,

"비나이다, 비나이다, 장군님 전에 비나이다. 우리 형님 지은 죄를 아우인 제가 대신 받겠사오니, 형님을 부디 살려 주오. 만일 형님이 죽어 없으면 동생 저 혼자 살아서 뭣 하리까? 우리 형님 살려 주오. 우리 형님 살려 주면, 높고 높은 장군 은혜, 혼이라도 고향으로 돌아가서 호탕하게 만세를 누리리다."

장군이 감동하여,

"네 이놈, 놀부야! 네 지은 죄상을 생각하면 당장에 죽이고 갈 일이로되, 너의 동생 어진 마음을 보아 살려 두고 갈 것이니, 이제는 개과천선하렷다."

두어 마디 더 하더니 사라지고 간 곳 없다.

흥부가 형님한테 물을 떠다 먹이고, 사지를 주물러서 겨우 일어나게 하니, 놀부가 그제야 정신을 차려,

"아이고, 동생!"

"형님, 곤욕이 심하셨지요?"

"아이고, 동생! 내 이전에 저지른 잘못을 부디 용서하소."

"형님, 제가 잘못되어 그랬지요. 형님, 제 살림이 많사오니, 서로 절반씩 반으로 나눠 한 집에서 우애하고 삽시다."

"동생 볼 면목도 없고, 제수씨 볼 면목도 없네."

그때여 박놀부는 개과천선을 한 연후에, 흥부 살림 반분하여 형제간에 화목하고, 대대로 자식들을 잘 가르쳐 나라에 충성하고, 형제간에 화목함을 천년만년 빛내더라. 그 뒤야 뉘 알리오.

풍각쟁이패

시장이나 집을 돌아다니면서
노래를 부르거나 악기를
연주하며 돈을 얻으러 다니던
무리로, 주로 해금을 연주했다고
합니다.

조선 시대의 떠돌이 놀이패

우리 없이 놀 수 있나? 우리가 있어야 신명 나지!

놀부의 박에서는 구린내가 진동하는 노인, 집
허물라고 호통치는 상여꾼, 놀아 준 대가로
돈만 뜯어가는 사당패며 초라니패 같은
놀이꾼, 험악하게 생겨서는 죽여 버리겠다고
겁을 주는 장수가 나옵니다. 애꿎은 제비
다리를 부러뜨린 놀부가 죗값을 톡톡히 치르는
것이지요. 그런데 저렇게 망해 가는 가운데서도
한바탕 신나게 노는 패거리가 있습니다. 이런
떠돌이 놀이패로는 남사당패를 비롯해 사당패,
솟대쟁이패, 걸립패 등을 들 수 있습니다.
요즘으로 치면 연예인이었던 이들
놀이꾼들을 한번 만나
볼까요?

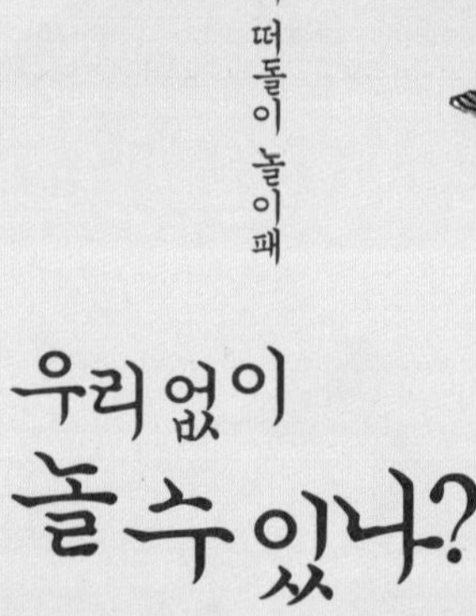

사당패

무리를 지어 정처 없이
떠돌아다니면서 재주를
부리던 패거리로,
여자들로만 구성되어
'여사당패'라고 합니다.
이들은 노래와 춤을 보여 주는 한편 몸을 팔기도
했습니다. '모갑(某甲)'이라는 남편 노릇을 하는 우두머리
아래로 '거사(居士)'라 불리는 사내들이 제각기 사당 한
명과 짝을 맞춰 지냈습니다. 그래서 겉으로 볼 때
사당패는 모갑이 이끄는 무리 같았지만, 실제로는 모갑과
거사는 사당패에 붙어먹는 기생충 같은 존재였다고
합니다.

솟대쟁이패

솟대쟁이는 대나무나 나무를 다듬어 만든
긴 솟대에 올라가서 온갖 재주를 부리는
사람을 말하는데, 솟대쟁이패는
솟대놀이뿐만 아니라 남사당패가 하던
풍물, 버나, 장구 모양의 나무토막에 실을
걸어 공중으로 던져 올렸다가 받는 죽방울
놀이를 보여 주며 전국을 떠돌아다녔다고
합니다.

초라니패

기괴한 여자 모습의 탈을 쓰고 붉은
저고리에 푸른 치마를 입고 긴 대의 깃발을
흔들며 다니던 무리로, 주로 탈놀이를 하며
장터를 떠돌아다녔다고 합니다.

걸립패

마을에서 특별히 경비를 쓸 일이 있을
때 경비를 마련하기 위해 집집마다
다니면서 풍악을 울려 주고 돈이나
곡식을 얻는 일을 '걸립(乞粒)'이라고
하는데, 이러한 일을 하는 무리를
걸립패라고 불렀습니다. 마을
사람들로만 구성되는 경우도 있었으나
직업적으로 기예를 보여 주고 돈을 받는
경우도 있었다고 합니다.

각설이패

각설이패는 장타령을 부르며 다니는 거지
패거리로, 장타령은 동냥하는 사람이 장이나
길거리를 돌아다니며 구걸할 때 부르는
노래입니다. 장타령은 각설이타령이라고도
합니다.

남사당패

떠돌아다니며 놀이판을 벌이던 무리로,
남자들로 구성되었습니다. 꼭두쇠를 우두머리로
하는 남사당패는 장터 같은 곳에서 풍물(농악),
버나(대접돌리기), 살판(땅재주), 어름(줄타기),
덧뵈기(탈놀음), 덜미(꼭두각시놀음) 같은 놀이로 밤새
놀이판을 벌이고 잠잘 곳과 밥을 얻었습니다. 남사당패는
50명 정도로 구성되었는데, 주로 가난한 농가의 아이나
가출한 아이를 받아들여 인원을 채웠으나 유괴를 해서
인원을 채우기도 했다고 합니다. 남사당패는
서민들로부터는 환영을 받았지만 지배층으로부터는 멸시를
받아 아무 마을이든 마음대로 드나들 수 없었기 때문에
마을의 최고 권력자를 찾아가 자기들의 놀이를 봐 줄 것을
간청하고 허락을 받은 뒤에야 겨우 놀이판을 벌일 수
있었다고 합니다.

『흥부전』 깊이 읽기

인간의 욕망, 그 깊이와 넓이 헤아리기

흥부와 놀부가 형제인 까닭

흥부와 놀부 형제 이름을 들어 보지 않은 사람은 없을 겁니다. 그런데 '흥부'와 '놀부'라고도 하고, '흥보'와 '놀보'라고도 합니다. '흥보'나 '놀보'라는 이름은 '울보', '먹보', '뚱보' 같은 말처럼 '보'로 끝나는 것을 흉내 내어 붙인 것인 듯합니다. 그래도 더 널리 알려진 이름이 '흥부'와 '놀부'이므로, 이 책에서도 '흥부'와 '놀부'라고 했습니다.

'흥부'와 '놀부'는 식당 이름으로도 자주 쓰입니다. 이름에 '흥부'와 '놀부'가 들어간 식당에 들어가면 차림표에도 두 사람의 이름이 나란히 올려져 있습니다. 그런데 가격을 보면 놀부 쪽이 더 비싸게 매겨진 경우가 많습니다. 마음 착한 흥부가 못된 형 놀부의 집에서 쫓겨나 온갖 고생을 한 뒤에 어마어마한 부자가 되고 놀부는 쫄딱 망하게 된다는 옛날이야기의 줄거리를 떠올려 보면, 좀 이상하다 싶습니다. 놀부 같은 심성이 더 가치 있는 것으로 평가되는 시대에 우리가 살고 있다는 점을 알려 주는 사소한 사례가 아닐까 합니다만, 놀부 이름을 붙인 음식이 더 비싸다는 것은 우리에게 낯설 수밖에 없습니다.

판소리 〈흥부가〉나 소설 『흥부전』의 이야기를 이끌어 가는 흥부와 놀부의 인간형은 선과 악이라는 선명한 대립을 이루고 있는 것이 사실입니다. 대부분의 사람들이 이 작품의 주제를 권선징악, 즉 선을 권하고 악을 징계하는 것으로 보는 것도 이러한 선악의 대립을 염두에 둔 결과일 것입니다. 이야기의 핵심을 흥부가 보은을 받는 과정에서 찾든, 놀부가 개과천선하는 과정에서 찾든 간에 선악의 대립이 분명하게 나타난다는 점은 부인할 수 없지요.

그렇다면 이런 궁금증이 일게 됩니다. 같은 부모에게서 태어나고 자란 두 형제가 어쩌면 이렇게 상반된 인성을 가지게 되었을까요? 성장 환경도 같았을 테고, 부모님으로부터 받은 교육도 비슷했을 텐데, 한 사람은 못된 사람으로 또 다른 사람은 착하기만 한 사람으로 살아가게 되었을까요?

이 의문에 답하려면 문학은 현실 생활을 반영한다는 상식을 좀 벗어나야 할 듯합니다. 물론 현실 세계에서도 형제라고 해서 인품이나 인성이 같지는 않습니다만, 흥부와 놀부처럼 극단적으로 대립하는 일은 흔치 않기 때문입니다. 그렇다면 이 두 사람은 현실 생활을 정확하게 반영한 인물형이 아니라 어느 정도 상징적이거나 비유적인 의미로 설정된 인물형이라고 할 수 있겠습니다.

흥부는 양반의 체면을 지키려고 하고, 제비 같은 작은 생물에도 애정을 기울이며, 부귀영화를 얻어도 자신을 핍박하던 형과 함께 나누고자 하는 착한 사람입니다. 그렇지만 흥부가 칭찬을 들을 일만 일관되게 하는 사람인지 생각해 볼 필요가 있습니다.

흥부는 집 하나도 제대로 짓지 못해 수숫대 따위로 대충 얽어 놓는 인간입니다. 고추장을 얻어 오지 않았다고 구걸해 온 아내를 담뱃대로 때리기도 하고, 아전과 대화하면서 양반 체면 때문에 높임말도 쓰지 못하고 낮춤말도 쓰지 못하며 어물쩍 웃어넘기기도 합니다. 악인으로 묘사된 놀부와 마찬가지로 흥부 또한 시시하고 비속하며 성질이 삐딱한 삼류 인생에 불과한 것이지요. 영웅이나 위인이 될 만한 소질은 처음부터 타고나지 못했다고 하겠습니다. 그런데 흥부가 현실 상황을 벗어나려고 할수록 점점 더 열악한 처지로 전락해 가기 때문에 연민과 동정심을 불러일으킵니다.

한편 놀부는 어떻습니까? 사실 놀부는 이야기의 주인공이 아니라 흥부를 효적으로 부각시키는 역할을 맡은 주변 인물에 불과합니다. 이렇게 보면, 『흥부전』의 주된 갈등은 흥부와 놀부의 갈등이 아니라 생존을 위한 흥부의 몸부림과 그걸 막아서는 현실 사이의 갈등이라 할 수 있습니다. 놀부는 흥부가 맞닥뜨린 현실의 일부이지 결코 전부는 아니기 때문에 놀부는 어디까지나 주변 인물에 머무르는 것입니다. 그렇기는 해도 놀부의 역할을 무시할 수는 없습니다. 흥부를 아주 곤란한 처지에 빠뜨리는 결정적인 계기를 제공하고, 또한 흥부의 고난상을 더욱 부각시키는 역할도 맡고 있으니까요.

그런데 우리가 주목하는 것은 심술과 욕심의 화신으로 그려지는 놀부의 악행이 독자를 분노하게 하기는커녕 오히려 독자를 즐겁게 한다는 점입니다.

> 부정한 곳에 집을 짓고, 불길한 날에 이사 권하고, 불난 집에 부채질 하고, 호박에다가 말뚝 박고, 길 가는 나그네 재워 줄 듯 하다가 해 지면 내쫓고, 초라니 보면 추파 던지고, 광대 보면 소고 빼앗고, 의원 보면 침 훔치고, 양반 보면 관을 찢고, 애 밴 부인 배를 차고, 수절 과부 모함하고, 다 큰 처녀 희롱하고, 곱사등이 뒤집어 놓고, 앉은뱅이 턱을 차고, 비단 가게 물총 놓고, 고추밭에 말 달리고, 옹기 짐 받쳐 놓으면 가만가만 가만가만 가만가만히 찾아가서 작대기 걸어차고, 똥 누는 놈 주저앉히고, 봉사 눈에 똥칠하고, 노는 애기 꼬집고, 우는 애기 코 빨리고, 물동이 인 여자 귀 잡고 입 맞추고, 샘물 길어 오는 길에 함정 파고, 새 망건은 줄을 끊고, 풍류하는 데 나발 불고……

이러한 사설은 놀부의 심술을 적나라하게 묘사하여 극단적인 악인의 면모를 효과적으로 보여 주지만, 그 때문에 오히려 현실성이 없는 것처럼 여겨지기도 합니다. 하나하나 살펴보면 놀부의 심술궂은 됨됨이를 드러내는 데 적절한 소재들이지만, 모두 모아 놓고 살펴보면 놀부가 현실적으로 존재할 수 있는 인물이 아니라는 점을 은연중에 드러내기 때문입니다. 따라서 너그럽게 보면 이것은 철없는 어린아이의 짓궂은 행동으로 볼 수 있는데, 놀부가 어떤 면에서는 '나이 든 장난꾸러기'로 부각되고 있는 것입니다.

이런 행동들은 오히려 놀부가 일관되게 악인의 면모만 지닌 것이 아님을 말해 주고 있습니다. 우리가 놀부에게 긍정적인 시선을 보낼 수 있다면, 그것은 놀부가 조선 후기 사회나 우리 시대가 요구하는 미덕을 지닌 인물형을 보여 주었기 때문이 아니라 놀부의 언행이 익살스럽게 묘사되었기 때문이라고 할 수 있겠습니다.

이처럼 흥부와 놀부가 모두 분노가 아닌 웃음을 불러일으키는 것은 기본적으로 판소리 공연 자체가 관객들의 웃음을 겨냥해 진행되었기 때문입니다. 거기에는 평범한 사람들보다 열등한 존재를 등장시켜 관객들이 우월감을 느끼며 웃게 하려는 뜻이 있는 것입니다.

그런데 이렇게 판단하고 나면, 이 이야기가 우리에게 전해 주고자 하는 뜻이 사라지고 말겠지요. 그저 웃기는 이야기 한 편 들은 것으로 끝내기에는 아쉬운데, 놀부의 운명이 결정되는 지점에 주목하면 훨씬 더 깊은 뜻을 새길 수 있을 것입니다.

놀부가 박을 타는 대목은 악인의 인과응보를 보여 주며 주제를 선명하게 드러냅니다. 그 과정에서 보여지는 놀부의 고난은 우리를 웃음짓게 만듭니다. 놀부는 대여섯 통, 많게는 열 통도 넘는 박을 타면서 겪는 고난을 통해 결국 마음을 고쳐먹고 착한 사람으로 다시 태어나게 됩니다. 마지막 박에서 나온 무시무시한 장수가 협박을 하다가 흥부의 애원으로 용서를 하자 자신의 과오를 뉘우치지요. 악인이 벌을 받는 데서 그치지 않고 과거에 저지른 잘못을 반성하는 데로 나아가는 것입니다.

그렇다면 이런 가정을 해 볼 수 있지요. 악한 놀부가 착한 흥부와 더불어 살 수 있는 인성을 갖추게 되었다는 것은 결국 놀부 속에 흥부가 내재되어 있었다는 점을 암시하는 것이라고 말입니다. 이런 점에서 『흥부전』은 일차적으로는 놀부를 부정하고 흥부를 긍정적 인물로 내세우기 위한 작품이면서도 두 인물 모두 양면성을 지닌 존재라는 점을 이야기하는 작품이라고 볼 수 있겠습니다.

이를 좀 더 확대해서 해석해 보면, 이 이야기가 놀부의 개과천선으로 마무리되는 것은 선과 악을 동시에 소유한 인간의 본질을 반영한 것으로 볼 수도 있겠습니다. 선과 악만이 아니라, 참과 거짓, 성스러움과 속됨 등의 대립적인 속성들을 함께 갖추고 있는 것이 바로 우리 인간이라는 것, 그래서 인간이야말로 이중적이고 양면적인 존재라는 것, 이것이 바로 『흥부전』이 우리에게 넌지시 알려 주는 주제의 한 단면이 아닐까 합니다.

앞에서 우리가 가졌던 의문, 즉 같은 부모 아래에서 태어나고 자란 두 형제가 어떻게 극단적으로 다른 성격을 가진 것으로 그려질 수 있었을까 하는 의문은 이렇게 풀릴 수 있겠습니다. 요컨대 흥부와 놀부가 형제라는 사실은 우리 모두의 내면에 선과 악이 공존하고 있음을 비유적으로 암시하고 있는 것이라 할 수 있겠습니다. 그러니 여러분 안에도 흥부와 놀부가 함께 있다고 보면 되겠습니다.

흥부와 놀부의 욕망에 담긴 뜻

인간이라면 누구나 욕망을 갖고 있게 마련입니다. 그래서 유명한 정신 분석가나 심리학자들은 '인간의 욕망이 끝나는 순간은 바로 죽음의 순간'이라고 말하기까지 했습니다. 그러기에 인간의 욕망은 긍정될 수 있습니다. 그러나 욕망은 때로 부정되기도 하는데, 다른 사람에게 피해를 주는 욕망은 대부분 부정됩니다.

일반적으로 인간의 욕망을 긍정적으로 보느냐 부정적으로 보느냐의 기준은 윤리입니다. 그런데 자본주의 사회의 현대인은 대부분 부자가 되고 싶다는 욕망을 갖고 있습니다. 잘 알다시피 『흥부전』은 놀부와 흥부가 부를 쌓는 과정을 담은 이야기입니다. 그래서 판소리 다섯 마당 중에서도 자본주의의 색채가 가장 짙게 나타나는 것으로 평가받고 있습니다. 그러므로 자본주의적 윤리의 관점에서 『흥부전』을 새롭게 해석해 보는 것은 매우 의미 있으면서도 흥미로운 일이라 하겠습니다. 『흥부전』의 두 주인공의 욕망을 현대인의 욕망과 관련지어 살펴봄으로써 두 주인공의 삶이 지닌 의미와 가치를 발견할 수 있겠다는 것입니다. 이를 위해 먼저 두 주인공이 어떻게 욕망을 추구하는지 살펴보기로 하지요.

아우 흥부는 지긋지긋한 가난에서 벗어나게 해줄 기본적인 의식주를 갖추려고 몸부림치는 인물입니다. 흥부의 욕망은 삶을, 아니 목숨을 이어 가기 위한 최소한의 조건들을 얻는 데 초점이 맞춰져 있습니다. 오죽하면 처자식을 보살피기 위해 매품을 팔기까지 했겠습니까? 흥부가 추구하는 기본적인 의식주는 말 그대로 인간으로 살아가는 데 꼭 있어야 하는 것이므로, 그것을 욕망하는 것은 생명체로서는 당연하다 할 수 있습니다.

이렇게 흥부가 울며불며 가족과 함께 집을 나와 거처 없이 떠돌게 되었는데, 살 집이 없으니 동네 앞 물방앗간도 자기 안방이라. 이리저리 돌아다니다가 마침내 성현동 복덕촌이라는 곳에 이르렀것다. 흥부 자식들이 잘 먹다가 며칠을 굶어 놓으니 죽을 지경이 되어 가지고, 하루는 자식들이 음식 이름을 노래로 부르면서 제 어미에게 밥 달라고 조르는데, 한 놈이 썩 나서며, "아이고, 어머니! 아이고, 어머니! 배가 고파 못 살겠소. 나 육개장에 뽀얀 쌀밥 많이 먹었으면……"

이 박을 타거들랑 아무것도 나오지를 말고서 밥 한 통만 나오너라! 평생 밥이 한이 되어 내 소원이 되었구나. 에여루 당기여라. 시르르르르르. 실건실건 톱질이야. 여보게, 이 사람들. 이내 말을 들어 보소. 가난도 사주팔자에 다 있는가? 풍수지리가 글러서 가난한가? 산수가 글러서 가난하면, 형님만 잘사시고, 우리만 못사는 산수 세상천지 어디서 보았소? 에여루 당기어라, 톱질이야. 시리리리리리리. 작은아들은 저리 가고, 큰아들은 나한테로 오너라. 우리가 이 박을 타거드면 박속일랑 끓여 먹고, 바가지는 부잣집에다 팔아다가 귀한 목숨을 보전하여 보자.

당장 먹을 양식이 없고 몸을 보호해 줄 옷과 집이 해결되지 않은 상황에 처한 인간이라면, 누구든지 그 최소한만이라도 누릴 수 있으면 더는 소원이 없겠다는 생각을 먼저 갖게 될 것입니다. 먹고사는 일은 생사와 직결된 것이기 때문입니다. 그러나 안타깝게도 최소한의 것을 얻는 일마저도 쉽지 않습니다. 흥부도 그런 가난한 사람들 가운데 하나였으므로 흥부의 욕망은 삶을 이어 갈 의식주를 갖추는 데 집중될 수밖에 없습니다. 그렇다면 흥부의 욕망은 긍정될 수밖에 없습니다.

그런데 형 놀부는 다릅니다. 달라도 너무 다릅니다. 그는 이미 많은 재산을 가지고 있습니다. 하지만 거기에 만족하지 못하고 계속하여 더 많은 재물을 탐합니다. 놀부의 욕망은 기본적인 삶을 영위하는 수준을 훨씬 넘어서서 그 이상의 것을 추구하는 데 초점이 맞춰져 있습니다. 아니, 그의 욕망은 무한으로 뻗어 나갔기에 끝을 확인할 수조차 없습니다. 제사 지낼 음식을 마련하는 데 드는 돈이 아까워 돈 꾸러미를 올렸다가 그대로 다시 궤 속으로 집어넣는 장면에서 이를 알 수 있습니다. 찬바람 씽씽 부는 엄동설한에 동생 흥부네 식구들을 쫓아낸 것도 결국 돈이 아까워서였지요.

놀부의 사전에서 '윤리'와 '도덕'은 사라진 지 오래입니다. 이러한 놀부의 욕망은 부정되어야 하기에 독자들은 때로는 비난을 퍼붓고 때로는 어이없는 웃음을 짓기도 합니다. 그런데 이런 풍경도 왠지 그리 낯설지가 않습니다. 모든 것을 소유한 듯 보이는 정계, 재계, 연예계의 유명인들이 맹목적으로 욕망을 좇다가 돌이킬 수 없는 최악의 상황으로 자신을 몰고 간 사건들을 심심치 않게 접하게 되기 때문입니다. 그들이 바로 놀부의 화신이라 하겠습니다. 이러한 현대판 놀부 이야기를 두고 사람들은 '그런 좋은 자리에 있으면서 그렇게까지 과욕을 부릴 필요가 있었을까?' 하며 분노도 하고 냉소도 짓는 것입니다.

다른 고전 소설의 등장인물이 그러하듯 『흥부전』의 놀부와 흥부도 당시의 인간상을 반영하고 있겠지요. 그런데 이러한 작품 속 등장인물의 욕망과 삶이 현대인과 동떨어져 있지 않다는 점은 오늘을 살아가는 독자들에게 큰 공감을 불러일으키는 요소가 아닐 수 없습니다. 여기에서 바로 고전 문학 작품이 보편성을 얻게 됩니다. 흥부의 삶은 당장의 의식주를 해결하고자 몸부림치는 빈민의 삶이며, 놀부는 많이 가졌는데도 끊임

없이 더 소유하고자, 그것도 단숨에 일확천금을 얻고자 수단과 방법을 가리지 않는 권력가 또는 재력가의 삶과 일치합니다. 나아가 『흥부전』에 나타난 대조적인 두 등장인물의 삶과 욕망은 바로 현대 자본주의 사회에서 시급히 해결되어야 할 문제들 가운데 하나인 '양극화 문제'와도 겹칩니다.

그런데 이 둘의 욕망을 긍정과 부정의 이분법을 넘어서서 바라볼 필요가 있다는 것입니다. 가령 먹고사는 것이 해결되지 않는 절박한 상황 때문에 단숨에 일확천금을 노리는 욕망을 빠져 불법적인 일을 감행하는 삶, 과거에 부유하게 살았으나 재물에 대한 욕망을 끊임없이 추구하다가 하루아침에 가난해져서 기본적인 삶만이라도 영위하고자 몸부림치는 삶 등도 생각해 볼 수 있겠다는 것입니다.

흥부와 놀부의 박에 담긴 뜻

『흥부전』은 물질적 욕망을 추구하며 살아가는 우리의 문제적 현실과 삶을 아주 사실적으로 그려내고 있습니다. 그 연장선상에서 이제 『흥부전』이 현대인의 욕망에 대해 어떤 해결책을 품고 있는지 탐구해 볼 차례가 되었습니다. 그 답은 다행히 꼭꼭 숨어 있지 않습니다. 흥부와 놀부가 박을 타는 까닭과 박을 대하는 태도, 박을 타고 난 뒤의 언행 등에서 충분히 파악되는 것입니다.

흥부는 제비 다리를 치료해 준 대가로 박씨를 받게 되었으며 박씨를 심고 잘 길러서 박을 타기에 이르렀습니다.

여보게, 이 사람아! 집안 어른이 어디를 갔다가, 집이라고 들어오면, 우루루루 쫓아 나와 공손히 맞이하는 게 도리가 옳제, 자네가 이렇게 서럽게 울면, 동네 사람이 아니 부끄런가? 울지 말고 이리 오소. 이리 오라면, 이리 와. 배가 정녕 고프거든, 지붕 위로 올라가서 박을 한 통 내려다가, 박속은 끓여 먹고, 바가지는 팔아다가, 양식 팔고 나무를 사서 어린 자식들을 잘 먹여 보세.

흥부가 박을 타는 것은 단순히 먹고살기 위해서입니다. 그래서 박은 몇 통만 따면 충분했던 것입니다. 어떤 이야기에서는 박에서 돈과 며느리 등이 나오기도 합니다만, 끼니만 해결하려고 가른 박에서 뜻하지 않았던 의식주가 모두 튀어나옵니다. 가난이 일거에 해결되었던 것이지요. 배불리 먹을 수 있는 흰쌀, 추위를 막아 줄 옷, 안락하게 잠을 잘 수 있는 집 등 흥부가 평소에 욕망하던 것이 몇 통의 박을 탐으로써 충족된 것입니다. 이에 더 큰 기대감을 안고 흥부는 박을 더 탈 법도 하지만 흥부는 거기서 멈춥니다. 그것만으로도 분에 넘치는 것을 얻었고 거기에 충분히 만족했기 때문입니다.

또 하나 여기서 지나치지 말아야 할 것은, 흥부가 부를 얻게 된 과정입니다. 흥부가 제비를 구해 준 것은 보상을 바라고 한 것이 아닙니다. 그렇기는 해도 원인과 결과의 관계에서 보면 흥부의 부는, 비록 비현실적이기는 하지만 자신의 선행에 대한 정당한 대가로 볼 수도 있다는 것입니다.

반면에 놀부가 박을 타는 목적은 재물을 모으는 데 있습니다. 그 박은 재물에 대한 욕망을 충족시키기 위해 성한 제비 다리를 꺾어 부러뜨리고 얻은 대가로서, 과정 자체도 정당하지 못합니다. 게다가 놀부는 자기가 욕망하는 금은보화를 얻을 때까지 계속해서 박을 탈 기세입니다. 『흥부전』도 다른 판소리 계열 작품처럼 이본이 많이 있는데, 어느 이본이든 흥부가 타는 박보다 놀부가 타는 박의 개수가 많습니다. 심지어 경판본 『흥부전』에서는 놀부가 타는 박이 열세 통이나 됩니다.

> 흥부란 놈 박통에서는 쌀과 돈이 나왔으되 내 박은 은금보화만 나오너라.

> 여보소, 일꾼들. 아까 그 노인이 상전이 아니라, 은금보화가 변화해서 나의 의지를 떠보느라고 그런 것이오. 둘째 통에는 틀림없이 은금보화가 들었으니 염려 말고 박 따 오소.

> 여보소, 이 사람들아! 둘째 통까지는 나의 기세 떠보자고 그런 것이고, 셋째 통에는 틀림없이 은금보화가 들었으니, 염려 말고 박 타세. 어서 가 박 따 오소.

이는 멈출 줄 모르는 놀부의 욕심을 나타내고 있습니다. 박을 탈 때마다 악행에 대한 벌로 온갖 재앙을 맞게 되지만 재물에 대한 놀부의 욕망은 그칠 줄 모릅니다. 노인, 상여, 남사당패, 자신을 죽이려 드는 장수가 나와도 놀부는 다음 박에서 나올 재물을 기대하며 주변의 만류에도 아랑곳하지 않고 계속 욕심을 부립니다. 의식주는 일찌감치 해결되었고, 이미 많은 재물을 가지고 있었으면서도, 맹목적으로 부를 추구하는 것이지요. 놀부는 마치 죽는 줄도 모르고 불로 뛰어드는 불나방과 같다 하겠습니다. 그런 놀부의 욕망은 죽음을 앞두고서야 비로소 멈추게 됩니다.

흥부는 박을 타서 부를 얻고, 이를 통해 의식주를 해결하는 것은 물론 큰 부자가 됩니다. 우리의 이목을 집중시키는 것은 부자가 된 뒤의 흥부입니다. 그는 자신의 선행 덕분에 얻은 부로 자기의 욕망만을 채우지 않았습니다. 이웃들에게 부를 나눠 주려고 하고 심지어 자신과 가족을 내쫓았던 형에게까지 나눔의 손길을 뻗칩니다.

불쌍하고 가련한 사람들아, 우리 집을 찾아오소. 나도 오늘부터 공짜로다 양식 쌀을 나눠 줄란다, 얼씨구나 좋을시고. 얼씨구절씨구 지화자 좋네. 이런 경사가 또 있나.

형님, 제가 잘못되어 그랬지요. 형님, 제 살림이 많사오니, 서로 절반씩 반으로 나눠 한 집에서 우애하고 삽시다.

흥부의 선한 마음은 부자가 된 다음에도 변함이 없습니다. 굶지 않고 잘사는 것이 흥부의 욕망이었지만, 그 욕망을 다 이룬 흥부는 드디어 공동체 전체의 복지를 위하게 된 것입니다. 이웃이 골고루 잘살고 공동체 전체가 평안을 누리는 것, 그것이 진정한 흥부의 욕망이었을지도 모르겠습니다. 흥부가 주위 사람들에게 좋은 평판을 얻었으리란 것은 쉽게 상상할 수 있습니다. 흥부는 부와 함께 명성까지도 동시에 얻게 되고, 물질적 만족은 물론 정신적 만족까지 함께 누리는 행복한 삶을 살게 되는 것입니다.

흥부와 놀부 이야기를 대하는 우리의 태도

이쯤에서 흥부와 놀부의 삶을 각각 요약해 보기로 하겠습니다. 기본적인 의식주에 대한 욕망을 추구한 흥부는 정당한 보상으로 얻은 재물, 욕망의 절제, 부의 배분으로 행복해졌으나, 오로지 재물에 대한 욕망만을 추구하던 놀부는 부를 독점하려는 탐욕, 부당한 방법을 통한 욕망 추구로 재물을 몰수당하고 죽음의 위기에 이르게 됩니다. 그리하여 두 형제의 상반된 삶은 자본주의 사회에서 살아가고 있는 현대인에게 큰 소리로 경종을 울립니다.

인간이 다른 동물과 구별되는 점 가운데 하나가 욕망의 무한한 추구에 있다는 관점도 같은 논리에 바탕을 두고 있습니다. 아프리카 초원에서 사자 같은 맹수를 촬영하는 사진작가들은 배가 부른 놈을 골라 접근한다고 합니다. 배가 부르면 더 이상 욕심을 부리지 않아서 사람을 해치지 않기 때문이랍니다. 이처럼 다른 동물들은 욕망이 충족되는 순간 거기에서 멈출 줄 압니다. 그러나 인간은 다릅니다. 인간은 충족을 모르고 무한정으로 축적하려고 합니다. 이러한 무한한 욕망의 추구 때문에 환경 문제, 생태 문제, 식량 문제, 양극화 문제 등이 생겨나기도 합니다.

재물을 욕망하는 인간으로서 흥부와 놀부는 분명 옛사람들의 생각과 관점에 의해 창조된 인물들입니다. 그렇지만 그들의 삶은 현대 자본주의 사회를 살아가는 사람들의 삶과 크게 다르지 않습니다. 쉽게 바뀔 수 없는 인간의 근본적인 속성을 잘 파악했다는 점, 이 점이 곧 고전의 가치인 것입니다.

또한 앞서 살핀 것처럼 흥부와 놀부의 삶을 '선과 악'이라는 이분법적이고 대립적인 구조로만 보지 않고 인물의 이중성과 양면성에 주목하는 것이 현실적인 인간 이해에 좀 더 가깝다는 점도 반드시 기억해 두기 바랍니다.

『흥부전』을 이렇게 읽어 간다면, 착한 사람은 복을 받고 악한 사람은 벌을 받는다는 단순하고 경직된 주제를 넘어서서 새로운 의미를 찾을 수 있을 것입니다. 만약 지금 읽은 흥부와 놀부 이야기가 어릴 적 전래 동화 형태의 『흥부전』을 읽고 난 뒤에 얻은 감상과 같다면, 고전 읽기는 참 재미없고 보람 없는 일이 되어 버릴 것입니다. 그러나 예전과 달리 몸과 마음이 자란 지금 『흥부전』을 다시 읽고 새로운 의미와 가치를 발견한다면 재미와 보람을 얻는 것은 물론 한층 더 성숙한 자아를 갖추게 되리라 믿습니다.

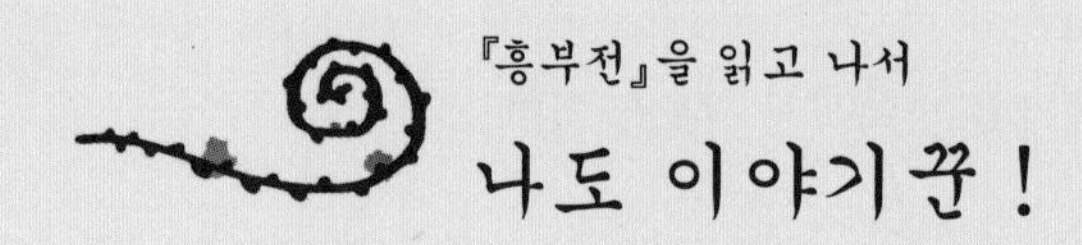

『흥부전』을 읽고 나서

나도 이야기꾼!

❶『흥부전』에서 흥부는 착한 사람으로, 놀부는 못된 사람으로 그려집니다. 두 사람이 한형제라고 보기 힘들 정도로 사뭇 다른 성격을 보여 주는데, 곰곰이 따져 보면 여러분의 생각과 행동에서도 정반대인 흥부의 모습과 놀부의 모습을 살펴볼 수 있을 것입니다. 여러분의 생각과 행동 속에 숨어 있는 흥부와 놀부의 모습을 빈칸에 적어 보고, 그때의 상황에 맞춰 어떤 모습이 옳고 그른지 생각해 봅시다.

	흥부의 모습	놀부의 모습
생각		
행동		

❷ 놀부의 박에서도 부귀영화를 누릴 수 있는 재물이 나왔다면 놀부는 어떻게 되었을지 상상해 보고, 그 모습을 염두에 두고 여러분만의 『놀부전』을 써 봅시다.

❸ 놀부가 욕심을 부렸던 것처럼 현대 사회의 사람들이 욕망을 끊임없이 추구하느라 벌어진 사회 문제에는 어떤 것들이 있는지 생각해 보고, 어떻게 하면 그 문제를 해결할 수 있을지도 이야기해 봅시다.

욕망을 추구하느라 벌어진 사회 문제	해결책

❹ 판소리의 사설(辭說)은 '창을 하는 중간중간에 가락을 붙이지 않고 이야기하듯 엮어 나가는 것'을 말하는데, 다음은 놀부가 어떤 심술을 부렸는지 들려 주는 사설입니다. '놀부 심술 사설'을 읽어 본 뒤에 흥부가 했을 법한 착한 일들을 모아 '흥부 선행 사설'을 만들어 봅시다.

불난 집에 부채질하고, 호박에다가 말뚝 박고, 길 가는 나그네 재워 줄 듯 하다가 해 지면 내쫓고, 광대 보면 소고 빼앗고, 의원 보면 침 훔치고, 양반 보면 관을 찢고, 고추밭에 말 달리고, 똥 누는 놈 주저앉히고, 노는 애기 꼬집고, 우는 애기 코 빨리고, 샘물 길어 오는 길에 함정 파고……

흥부 선행 사설

❺ 작품의 결말 부분에서 놀부의 입장이 되어 흥부에게 보내는 사과의 편지를 한 통 써 봅시다.

아우 흥부에게

❻ 흥부의 박에서 보물이 나오지 않고 평범한 박이어서 박속은 끓여 먹고 박으로 만든 바가지를 부잣집에 팔았다면 흥부의 삶이 어떻게 되었을지, 또 놀부의 삶은 어떻게 되었을지 이어질 내용을 상상해서 써 봅시다.

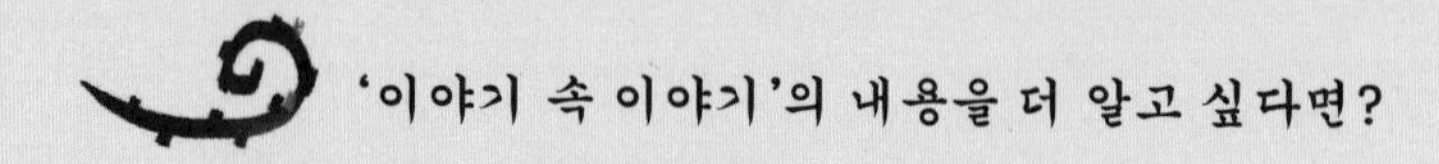

'이야기 속 이야기'의 내용을 더 알고 싶다면?

『고전 소설 속 역사 여행』, 신병주 · 노대환, 돌베개, 2005

『나의 국토 나의 산하』 2, 박태순, 한길사, 2008

『일상으로 본 조선시대 이야기』 1 · 2, 정연식, 청년사, 2007

『조선시대 사람들은 어떻게 살았을까』 1 · 2, 한국역사연구회, 청년사, 2005